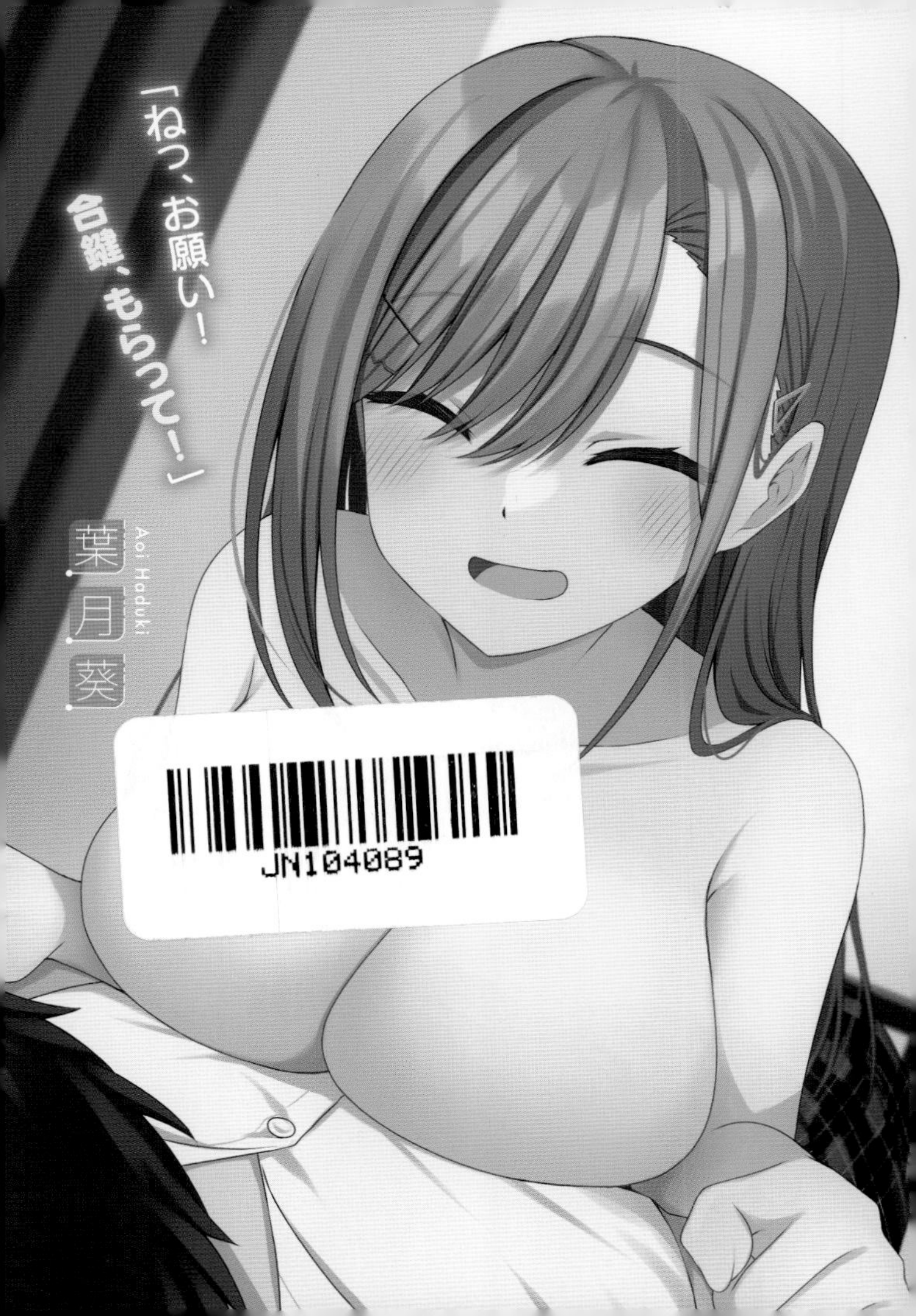
「ねっ、お願い！
合鍵、もらって！」
葉月葵
Aoi Haduki

JN104089

穂波麦
Mugi Honami
湊は一気に大きくスカートをめくり上げた。
白いサテンの可愛いパンツがあらわになる。
「おお……やっぱ、すげーパンツはいてんなあ」
「そ、そんなことないっしょ……」

湊は決意して、口を開く。
「瀬里奈、頼む――ヤらせてくれ!」
「いいですよ……遊びましょう、二人で……」
瀬里奈
瑠伽
Ruka Serina

「どうよ？　あたし、なかなかよくねー？」
「あ、あまり見ないでください……」

女友達は頼めば意外とヤらせてくれる2

鏡遊

角川スニーカー文庫

23754

CONTENTS

Onna Tomodachi ha
Tanomeba
Igai to Yarasete kureru

プロローグ

「あ、あの、後ろ向いててくれますか？　服を着ますから……」

瀬里奈瑠伽《せりなるか》は、恥ずかしげにそう言って、シーツで身体を隠した。

折れそうなほどに華奢《きゃしゃ》な身体は、シーツで隠しても不思議なほど色っぽい。

「あ、ああ、わかってるよ」

湊《みなと》は戸惑いつつもそう答えて、瀬里奈に背中を向けた。

瀬里奈は初めて湊とまともに話した日に、みずからスカートをめくって、下にはいていたブルマを見せている。

それから、瀬里奈は知り合ったばかりの〝友人〟とは思えないほど大胆な行動を繰り返してきた。

そのたびに湊は美味《おい》しい思いをしてきたのだが……。

ここは、湊寿也《としや》の自室。

たいして広くもない部屋で、さっきまで瀬里奈がいじっていたノートＰＣが小さなファンの音を立てている。

だが、今はそんなことよりも——

「うう、なんだか上手《うま》くブラが着けられません……」

「俺が着けてやろうか？」

「あ、はい。お手数をおかけして……」

いいのかよ、と思わず湊はツッコミそうになる。

後ろを向いていなくてもいいらしいので、瀬里奈のほうを見る。

瀬里奈はベッドの上でぺたんと座り、湊に背中を向けている。

湊もベッドに上がり、瀬里奈の後ろに座った。

「………」

思わず、ごくりと唾を呑《の》み込《こ》んでしまう。

白いブラジャーは肩を通してあり、あとはホックを留めるだけだ。

ブラジャーがきちんと留まっていない背中は、真っ白でつるりとしていて、ただ見ているだけで色っぽい。

清楚《せいそ》な少女なのに、なぜこれほどまでに強烈な色香が漂うのか。

「え？　あれ？」

「悪い、瀬里奈。ブラ、着けるより外したい」

「ええ……？」

瀬里奈《せりな》が驚いて振り向く。

ホックを留めていないブラジャーが外れかけていて、大きいというほどではないが、小さくもない乳房がほとんど見えている。

「あ、あの？　さっき、あんなに……ま、まだするんですか？」

「ああ……こんな綺麗《きれい》な胸にブラジャー着けるなんてもったいない」

「い、いつも着けてますけど。さすがに私もブラジャーは……」

瀬里奈はここ最近は、スカートの下に短パンやスパッツはもちろん、ブルマもはいていない。

彼女の制服のスカート丈は膝より少し上で長めではあるが、少しばかり危うい。

「ダメか？　ブラジャー外して……もう一回、瀬里奈としたい」

「も、もう一回ですか……」

瀬里奈は恥ずかしそうに言って、ぽてんとベッドの上に仰向《あおむ》けに寝転がる。

ブラジャーはもうほとんど外れていて、ふくらみだけでなく、その頂点の桃色の乳首もあらわになっている。

「い、いいですよ……私たち、お友達ですから」

瀬里奈は恥ずかしそうにしつつも微笑《ほほえ》んでいる。

彼女は圧倒的に清楚な美少女で、しかも頼めばヤらせてくれる女友達なのだ——

1 女友達の頼みは断れない

Onna Tomodachi ha Tanomeba Igai to Yarasete kureru

「あのさ、湊《みなと》。実は、お願いがあるんだけど」

「わかった」

「まだ内容言ってないけど⁉」

ある日の放課後――

湊は、いつものように葉月《はづき》葵《あおい》のおっぱいを揉《も》んでいるところだった。

黒の色っぽいブラジャーをはだけて、ぷるるんっと柔らかいおっぱいが丸見えだ。

これまでたっぷり味わってきたのに、未《いま》だに綺麗なピンク色のままの乳首も好きなだけ観賞できる。

湊は、手に余る大きさの乳房をぽよんぽよんと持ち上げるようにして揉み、がしっと摑《つか》んでぐにぐにと回すようにしてこねる。

素晴らしい柔らかさと弾力を、たっぷり味わっている途中だった。

正確には、葉月家の玄関で彼女の制服をはだけず、パンツだけ脱がして慌ただしく1ラウンド。

そのあとは、葉月の部屋に移動してもう1ラウンド。

制服のブレザーとカーディガン、白ブラウスはきちんと脱がして、Fカップおっぱいをたっぷり堪能しつつ、一個消費してじっくりと楽しんだ。

スカートははいたまま、というのがエロくてたまらない。

そのあと、二人でベッドの上でゴロゴロしながら、葉月のおっぱいを楽しませてもらっていたのだ。

残念ながら、今日は瀬里奈《せりな》が家の用事で来られない。

だが、もちろん湊は葉月一人と楽しむだけでも充分に満足できる。

「葉月にいろんなこと頼んでヤっといて、おまえからのお願いを断るわけねぇだろ」

「そりゃそうだ……やんっ、こらっ♡　わざと乳首つねるなー！」

笑いながら怒鳴ってくる葉月。

「つーか、それはおっぱいより大事なことなのか？」

「おっぱいより大事なことなんていくらでもあるでしょ！」

「そうだったのか」

「こ、この男は……」

葉月は完全に呆《あき》れきった目を向けてきている。

「そうか。じゃあ、ちょっとやめとくか」

「ふぁんっ♡　べ、別にイジられながらでも話はできるのに……」

湊《みなと》が葉月《はづき》のたわわなおっぱいから手を離すと、彼女は少し残念そうだった。

もちろん、湊は話が終わったらまた楽しませてもらうつもりだが。

「それで、葉月のお願いっていうのは？」

「実はさ……ウチの合鍵、受け取ってほしいんだよね」

「ダメだ」

「言ってること違う！　あたしからのお願い、断ってるじゃん！」

「ああ、別に漫才をやるつもりじゃなくてな」

湊は、葉月の太ももに手を置きながら説明する。

おっぱいを揉むとそっちに集中してしまうが、葉月のすべすべした肌を触っていると落ち着くというだけだ。

「前にも言っただろ？　ウチなんておっさんと男子高校生が暮らしてる家だから、葉月が合鍵で入ってきたってなにも問題ねぇけど」

「それも、ちょっとおかしな話ではあるけどね……」

そう言いつつも、葉月は遠慮せずに合鍵を使って湊家に入ってくる。

一応、湊の父が絶対にいない時間帯のみに限られていて、まだ葉月と父が鉢合わせしたことはない。

「葉月んトコは母と娘の二人暮らしだろ。まあ、今さら葉月に気を遣うことはねぇけど、女性二人の家にずかずか上がり込むほど無神経にもなりたくない」

「湊の神経にはだいぶ疑問があるけど……うん、その気持ちはありがたいよ」

ははは、と葉月は苦笑している。

本当に、葉月自身は湊が合鍵で入ってきても気にしないのだろう。

今日も玄関で１ラウンド激しくヤったくらいだから、湊の遠慮もだいぶ怪しいのだが。

「でも、ちょっと事情が変わったんだよ」

「事情？　葉月、なにかあったのか？　大丈夫か？」

「変な話じゃなくて。ちょっとさあ」

葉月は、困ったような顔をして——

「実はウチのお母さん、長期出張するんだって」

「長期出張？」

葉月の母親は、女手一つで娘を育てている。

湊は以前に会ったことがある。

葉月の愛猫であるモモが脱走したときに一度、湊がモモを見つけたのでそのお礼に来てくれたときに一度で、合計二回だけ。

さすがに美貌の葉月《はづき》の母だけあって美人で、しかも葉月の姉といってもいいくらい若く見える人だった。

「それって、出張って期間はどんくらいだ？」

「とりあえず、年内いっぱいだって」

「〝とりあえず〟って言い方が信用ならねぇ感じが出てんな」

「ねー」

葉月が、また苦笑している。

今は十一月に入ったばかりなので、ほぼ二ヶ月近くということになる。

しかも、葉月母の言い方を聞く限りでは、〝最短で二ヶ月〟というニュアンスだ。

「なんか、お母さんが勤めてる会社がヨソの会社と合併するとかで、その合併先が大阪なんだって」

「大阪か……」

確かに、通いで行ける距離ではない。

「お母さん、その合併先に乗り込まなきゃいけないらしいよ」

「乗り込むって。合併じゃなくて吸収のような雰囲気まであるな……つーか、葉月んトコのおばさん、けっこう偉いんじゃないか？」

湊《みなと》は前々から思っていた。

この十二階の部屋は決して安くはないはず。

葉月はバイトをしていないが、小遣いに不自由しているようには見えない。

おそらく、葉月家は裕福なほうだろうと。

「さあ、よく知らない。〝経理の鬼〟って恐れられてるって聞いたことはある」

「経理の人なのか。なんで、その娘が数字に弱いんだろうな……」

「うっさいよ。母は母、娘は娘なんだよ」

葉月が、ぶーっと唇を尖《とが》らせる。

派手な美少女の葉月だが、たまに幼い表情を見せるのが可愛《かわい》い。

「しかし、仮に年内か年明けくらいに終わるとしても、けっこう長いな」

「中学んときにも一度あったんだよね、長い出張。そんときは一ヶ月だったかな」

「それも長《なげ》ぇなー」

中学生にとってみれば、たかが一ヶ月とは言えない。

しかも葉月は兄弟もいないので、完全に家で一人になってしまう。

親の不在で羽を伸ばせて喜ぶ者もいるだろうが、女子中学生が寂しさを一切感じないというわけにもいかないだろう。

「その出張が終わるのに合わせて、このマンションに越してきたんだよ」

「へぇ、そうだったのか……」

葉月家《はづきけ》は湊家《みなとけ》より一年前に、このマンションに引っ越してきたと聞いている。

ただ、中学で転校はしていないらしいので、葉月と母はこの近辺に住んでいたのだろう。

「あのさー、湊……笑わない？」

「ん？　話の内容によるな」

「くっそ、優しさの足りない友達だよ」

葉月は、じろっと湊を睨《にら》んでから、小さくため息をついた。

湊も相手がカノジョならばそれなりに気を遣うだろうが、葉月は友達だ。

雑に付き合えるのが友達のいいところだが――

「わかった、わかった。笑わないから言ってくれ」

「最初からそう言えやー。なんというかね、あのね、その一ヶ月の話なんだけどねー」

葉月の口調は、幼いというか、甘えているみたいにも聞こえる。

なんだか葉月は幼児退行しているかのようだ。

「お母さんいなかった頃はマジでメンタルやばかったー。夜に自分の部屋だとなんか落ち着かなくて、毎日リビングで寝てたよ」

「なんとなく、わからんでもないな……」

湊も幼い頃から鍵っ子だったので、家に誰もいない不安はよく知っている。

他の部屋に誰かいそうな気がしてしまう、というのも理解できる。

昔は、夜中にミシッと家鳴りがしただけで、不安になって飛び起きたこともある。

当時の葉月家は、リビングから他の部屋や廊下の様子がわかる間取りだったのだろう。

湊の頭に、リビングの床に転がって毛布をかぶっている中学生の葉月の姿が浮かぶ。

今からでも、その頃の葉月を助けに行ってやりたいくらいだった。

「それで、お母さんが一度様子見に来たときに、モモを飼うことになったんだよね」

「あいつ、そういう経緯で葉月家に来たのか」

「うん、ちょうどお母さんの知り合いから猫を譲ってもらえるって話があって。もちろん、あたしは即オッケーしたよ」

「だろうな」

葉月の飼い猫のモモは、今はこの部屋にいない。

普段は周りのことを一ミリも気にしない猫だが、葉月が甲高いあえぎを上げると驚くので、部屋の外に出しているのだ。

「まあ、モモは可愛いし、お母さんの帰りが遅い日もだいぶ楽になったんだけどね」

「でも、二ヶ月も留守にされるとなると、話は違うと」

「そうそう、そうなんだよ。今度は二ヶ月、倍だよ？　モモがいたってキツい！」

ぐいっと葉月が身を乗り出してくる。

その弾みで、おっぱいがたゆんと揺れた。

「だからさ、あたしになんかあったときのために、湊《みなと》に合鍵渡しておきたいんだよ」

「そんな、縁起でもねぇことを」

もちろん、湊は葉月《はづき》に少しでも危険があれば、なにを置いても駆けつける。

湊家から葉月家は、急げば一分もかからない距離だ。

「ドアをぶっ叩《たた》いてもいいし、管理人さんに連絡してもいいだろ？　確か、ウチのマンションは二十四時間常駐じゃなかったか？」

コンシェルジュがいるような、高級マンションではない。

だが、トラブルへの対処はきめ細かかったと、湊は記憶している。

「でも、これから寒くなるし、あたしが風邪で倒れるかもしれないし」

「まあ、そのくらいのことじゃ管理人さんは呼べねぇけど……」

葉月の様子がおかしい、と思ったらいつでも駆けつけるためには合鍵がベスト、ということらしい。

風邪以外でも、湊に連絡も取れないトラブルが起きないとは限らない。

葉月はそんな可能性があるだけでも不安だろう。

「モモと二人きりでも、なんかあったら湊が来てくれると思ったら、安心できそうなんだよね」

「別に、俺はたいしたことはできないが……」

「そんなことない！」

葉月は力強く断言する。

「ねっ、お願い！　合鍵、もらって！　お母さんがいない二ヶ月だけでいいから！」

「うーん……」

そう言われると、湊もだんだん不安になってきた。

普通に行って二分、急げば一分。

いつでも駆けつけられて、合鍵で中に入れると思えば、湊の不安も消えるかもしれない。

妙なこだわりは捨てて、友人のために合鍵くらいは預かるべきなのだろう。

いや、なによりも。

この派手で明るいけれど、実は寂《さみ》しがり屋《や》な友達のために——

「……俺が葉月の家に住み込んでやろうか。すぐそこだから、引っ越しも楽だしな」

「ホントぉ!?　ホントにそうしてくれんのっ!?」

「お、おい」

葉月が目を輝かせて、さらに身を乗り出してきている。

「よ、よかったあ～」

かと思ったら、ベッドの上でがっくりと倒れ込むようにして、湊に抱きついてきた。

「ホントはそれお願いしようかとも思ったんだけど、さすがに引っ越してこいとか、図々《ずうずう》しいかなって言えなかったんだよね。ああ～、マジ助かる～」

「………」

ここまで、葉月《はづき》のふにゃふにゃした、心から安堵《あんど》した笑顔は初めて見たかもしれない。

湊《みなと》は実は、半分……いや、ほぼ冗談のつもりで言ったのだが。

今さら、「冗談だ」とは言えない雰囲気だ。

ここまで喜ばれたら、さすがに撤回できない。

「あ、ウチの母への言い訳は適当にしとくから。友達、いくらでも泊まらせていいって話だったし。二ヶ月ほど連泊させるだけだから」

「……ウチの親父《おやじ》には、二つ上の葉月さん家に泊まり込むって正直に言っておくよ。もう葉月と遊んでるの、バレてるみたいだし、気にしないだろ……」

「へぇー、理解のあるお父さんだね。これでオールクリアだ」

葉月は、ぱっと身体を起こしてキラキラしている目を向けてきた。

「でもよかった～、マジよかった～、まさか瑠伽《るか》を引っ越させるわけにもいかないしさぁ」

「そりゃ無理があるよな……」

湊と葉月の家が例外なのだ。

家庭内が特に荒れているわけでもなく、ここまで子供が自由にやれる環境もそうはないだろう。

「あ、基本的に夜にウチにいてくれればいいから。ちょいちょい自分ちに戻ってもいいよ。ベッドは折りたたみでも買う？　あたしのベッドに二人で毎日だとキツいよね。けど、折りたたみは意外と邪魔かも。床にお布団でもいい？　確かウチに一組あったはず」

「そ、そんな畳みかけてくんなよ。まあ、寝袋でもリビングのソファでもいいが」

「同じ部屋で寝ないと意味がないでしょっ！」

「おまえ、母親と別の部屋で寝てるだろ！」

「そ、そうだけどさぁ……」

葉月の部屋はベッドやローテーブル、ドレッサーなどがあり、意外に女子らしい。

ぬいぐるみがいくつもあり、部屋の隅にはファッション雑誌なども積まれている。

それでも、なんとか一人くらい床に寝られそうではあるが――

「さすがに毎日人と同じ部屋じゃ絶対に息が詰まるぞ。人間には、一人になれる時間が必要なんだよ」

「ふーん……ま、湊はおじさんがいない日は家に戻って瑠伽を呼び出したいもんね」

「そうそう、やっぱ自分のベッドで瀬里奈《せりな》のほっそい身体を好き放題に――って、そうじゃねぇよ。だから、葉月の部屋もそこまで広くねぇし、二人でずっと一緒はやめといたほうがいいって」

「そういうもんかな。でも、お母さんの部屋はさすがに使えないし。ウチ、２ＬＤＫだよ？」

「ウチもそうだよ。俺の部屋を用意しろって言ってんじゃねぇよ」

湊《みなと》は、ぽんと葉月《はづき》の頭に手を置いた。

「布団があるなら、それをリビングに敷いて寝させてもらう」

「……一緒に寝なくていいの？　ホントに？」

「毎日じゃなくて、たまには別々で寝るって話だよ」

「ふ、ふーん……」

葉月は、かぁーっと赤くなる。

もう何度となくお願いしてヤらせてもらっているのに、まだ恥ずかしがるところが葉月らしい。

「それに、葉月の部屋で遊んで、終わったらリビングで寝てもいいし」

「へぇー、ヤることヤったらさっさと引き上げて一人でぐーぐー寝る気だね」

「人聞きの悪い！　でもほら……ずっと葉月の部屋にいたら、ずっとヤりたくなるだろ。おまえがすぐ横にいたら、いつまで経《た》っても寝られない」

「い、いつまでもヤらせてあげるなんて言ってないでしょ。そりゃ、好きにしていいけどさ……」

いいのかよ、と湊は内心でツッコむ。

だが実際、湊が葉月の部屋に泊まり込むと、間違いなく二人とも寝不足になってしまう。

「少なくとも、毎日同じ部屋で寝るのはまずい。俺はリビングでも全然大丈夫だから」

「み、湊がそれでいいなら。あたしも……リビングに湊がいるだけで安心できるしね」

「ああ、それでいこう」

もちろん、湊としては毎日でも葉月にヤらせてもらうつもりだ。

ただ、互いにプライバシーは尊重するべきだし、健康のために寝床の良さも重要だろう。

「じゃ、決まりね」

「あ、それでおばさんの出張っていつからなんだ？」

「……えーと、もう行っちゃったっていうか、今日行ったというか？」

「おおいっ、もっと早く言えよ！」

今日から泊まり込め、という話だったらしい。

「だ、だって、最初は合鍵を渡すだけのつもりだったし。こんなあたしに都合のいい展開になるなんて」

「都合がいいって」

葉月ほど高レベルな美少女の家に泊まり込みたい男など、いくらでもいるだろう。

どちらかというと、湊に都合のいい展開だ。またもや。

「つーかさ、合鍵もらってって言うのも勇気がいったんだよ！　あんた、何回も断るから、またかって思われるかと！」

「意外とネガティブなトコあるよな、葉月《はづき》。陽キャのくせに」

「うっさいな。陽だろうが陰だろうが、少女は繊細なの。それで……今日から、いいの？」

上目遣いで見つめてくる葉月。

しかも、たわわなおっぱいと可愛いピンク乳首も見えている。

この上目遣いとおっぱいの合わせ技に逆らえる男はいないだろう。

少なくとも、湊《みなと》は全面降伏以外にあり得ない。

「ああ、とりあえず着替えとか最低限必要なものだけ持って、もっかい来るよ」

「うん、そうしてそうして」

さっきから葉月は情緒不安定だが、湊の同居は心から嬉《うれ》しいらしい。

「ん？　これって同居……になんのか？」

「ど、同棲《どうせい》って言いたいの？」

「付き合ってるわけじゃねぇんだから」

「あ、うん。そっか」

湊と葉月は、今でもあくまで友人同士だ。

裸でベッドの上にいても、これは友達同士の遊びで、湊がお願いしてヤらせてもらっている。

湊はそこの認識を変えたことは、一度もない。

「ルームシェアか？　いや、〝居候〟っていうのが一番ピンと来るな」

「呼び方はなんでもいいよ。はー、湊が一緒に住んでくれるなら安心だ～」

ぽてっ、と葉月はベッドに横になった。

安心しすぎて力が抜けたらしい。

上はFカップのおっぱいもあらわなまま、スカートが軽くめくれている。

スカートから伸びる白い太ももを見て――湊は、ごくりと唾を呑み込む。

「あのさ、葉月……」

「えっ、ま、またぁ？」

「終わったら、一度家に戻るから」

「そ、そっか……しょうがないなあ。お願い、聞いてもらっちゃったし、今度はあたしが聞く番か。じゃあ……あと二回くらい、いいよ」

「えーと……アレは残り一個だったか」

「……そうだけど」

葉月は、ちらりと枕元にある薄い小さな箱に目を向ける。

「新しいのも一箱あるよ。でも」

葉月は身体を起こして、湊にちゅっとキスしてくる。

「ひ、一箱使い切ったら……まだ新しいのは開けなくてもいいよ」

「そ、そうか……」

つまり一回は無しでもいいらしい。

「胸でも口でも、好きなほうに……いいよ♡　新しいのを開けるのは、また夜……かな」

「そうなる……だろうな」

湊《みなと》は頷《うなず》きながら、考える。

今夜から、この家で二人きり。

アレのストックは多めに用意しておいたほうがよさそうだ。

「まあ……今日からよろしく、湊」

「……お世話になります？」

「あは、あたしがお願いしてるんだから。お世話になるのはこっちだよ」

「ま、お互い気楽にいこう」

「そうだね。友達だもんね……」

葉月《はづき》はぎゅっと湊に抱きついてくる。

湊も葉月の柔らかい身体を抱きしめながら、予感がしていた。

二人の関係に、瀬里奈瑠伽《せりなるか》が加わったように。

この女友達との楽しい日々が、また少し変わっていくのだろうと。

2 二人目の女友達は驚いている

Onna Tomodachi ha Tanomeba Igai to Yarasete kureru

「ん……ああ、おはよ、湊」

「あれ……あ、そうか」

湊は横から聞こえてきた声に、軽く驚いた。

それから周りを見て、もう一度驚く。

「ここ、葉月の家だったな……」

「もー、湊は寝起き悪いよね。んっ、ちゅっ♡」

葉月は軽く身を乗り出して、唇を重ねてくる。

甘い唇を味わい、舌を軽く絡めて――

「んー……どう、目は覚めた？」

「……まだ、かな」

「あんたねー、こんな可愛い子がおはようのキスしてくれるとか、そんな高校生、まずいないんだからね？」

「キスだけじゃ足りねぇのかも」

「ば、ばーか」

葉月《はづき》は顔を赤くして、軽く湊《みなと》の頰《ほお》をつねってくる。全然痛くない。

その葉月は肩紐《かたひも》がだらしなくズレたキャミソール姿だ。

胸の谷間が丸見えで、ノーブラのおっぱいが今にもこぼれ出しそうだ。

「つーか俺、リビングで寝てなかったっけ……？」

湊たちがいるのは、葉月の部屋だった。

シングルベッドに二人でくっついて寝転がっている。

「ちょっと、あんた、もう忘れたの？」

「なんだっけ……いきなり昨日、葉月の家に居候することになって……」

「そこまで遡《さかのぼ》らなくても。リビングにお布団敷いたけど、夜中に湊があたしの部屋に来たんでしょ」

「あー……」

湊の寝ぼけていた頭に、記憶が戻ってくる。

葉月の母親が二ヶ月ほど出張で留守にすることになり、不安な友人のために湊が泊まり込むことになった。

湊は合鍵をもらい、着替えなど最低限の荷物を持って、葉月家へとやってきた。

葉月家には何度となく遊びにきているが、長期間泊まり込むとなると微妙な緊張感があった。

そもそも、瀬里奈《せりな》がたまに湊家に泊まりにくることはあっても、湊と葉月がお互いの家に泊まることは少なかった。

同じマンションの別フロア、歩いて二分なのでわざわざ泊まるより自宅に帰ってゆっくり寝たほうがいいからだ。

それに、一応は二人の親がいるので頻繁に外泊もしづらい。

葉月が湊家に泊まることはたまにあっても、湊が葉月家に泊まるのは初だった。

「ちょっと緊張してたしなあ、俺。そうだった、またインスタントで晩メシ食って……」

「お味噌汁《みそしる》だけ、湊の手作りだったけどね。美味しかった♡」

「葉月のおっぱいに比べりゃ、たいした味でもねぇだろ」

「おっぱいと比べんな。つーか、乳首が甘いなんてあんたの錯覚よ、錯覚」

葉月は顔を赤くして、今度は軽くチョップをくらわしてくる。

「そうかな、けっこう美味しく感じるんだけどな、ここ」

「あんっ♡　あ、朝からもうっ♡」

湊が、キャミソールの胸元に手を入れて乳首をこりこりすると、くすぐったそうな声が上がった。

「えーと、風呂入って、レジェンディスを軽くやって……」

湊《みなと》は身の回りの品以外に、ノートPCも持ち込んでいる。

ゲーマーの彼には、ゲーム環境のない暮らしは耐えられない。

「葉月《はづき》に布団出してもらって、リビングで寝たんじゃなかったか？」

「そこで記憶を終わりにすんなー。『おやすみー』つったのに、ちょっとしてから湊があたしの部屋に来て……ヤ、ヤらせてくれって言ってきたんでしょ」

「あ、そうだった。一度、様子を見ておくだけのつもりだったんだが、つい……」

「つい、じゃねーよ。初日だから、なにもしないのかと思ってたら……」

「でも、葉月も部屋のドア開けっぱなしで、俺が来るのを待ってたのかと」

「あ、あんたがリビングで寝るとか言うから！　ドア開けっぱじゃないと怖いじゃん！」

「しかもキャミ一枚で下はパンツだけで、ベッドの上でゴロゴロしてたし。あんな姿見ちゃったら、そりゃ……ヤりたくなるだろ」

「こ、これがあたしの部屋着なの！　夏でも冬でもだいたいこんなもんだよ！」

「へぇ……」

このキャミソール一枚の格好が葉月の睡眠スタイルらしい。

もう十一月になった今では寒そうだが、葉月家では常にエアコンが効いているので問題ないようだ。

「やっぱ、なんか落ち着かなくてスマホ見てただけ。そこに、あんたが来たんだよ」

「俺が声かけたら、顔がすげー〝ぱぁぁっ〟て輝いてたぞ」

「そ、そんなことは……！　もーっ、いいでしょ！　ヤらせてあげたんだから、文句ないよね⁉」

「ま、まあ……めっちゃ積極的だったな、夕べの葉月」

「そ、そうだった……？　いらんことは思い出すよね……」

ぶーっ、と頬をふくらませる葉月。

それから、ちゅっちゅっとキスしてくる。

「いいじゃん……やっぱ別々に寝るんじゃ不安だし。終わったら、湊がリビングに戻っちゃうんじゃないかって……」

「俺を引き留めるために、あんな凄《すご》かったのか」

「す、凄かったって」

「上に乗っかっておっぱいぶるんぶるん揺らしてくるし、終わったらすぐにしゃぶってくるし、しがみついて離れないし、生おっぱいぎゅうって押しつけられてたまらんかった」

「ば、馬鹿っ！　おっぱいおっぱい言うなっ」

「いや、何度見てもＦ――じゃなくなったんだったか。Ｇカップマジすげぇわ……」

ついこの前まで、葉月はＦカップだったが、すくすくと成長して。

盛ったわけではなく、しっかりとGカップを名乗れるサイズになったらしい。

「だ、だからGとか……で、でも……疲れ切るまでヤらせてあげれば、そのままあたしのベッドで寝ちゃうかな〜って」

「葉月《はづき》の思惑通りになったわけか……まあ、すげー気持ちよかったけど」

「そ、そうだよ、湊《みなと》だってヤる気満々だったじゃん！　着けないでいいよって言ったら、ホントに何回もそのままで……うわぁ、これ昨日から一個も減ってない。あんなに何回もヤったのに……」

「一回も使わなかったっけ……きっちりカウントしてる葉月が言うならそのとおりか」

葉月のベッドの枕元に、例の薄くて小さな箱が開いた状態で置かれている。

一応、用意はしてあったが、使わなかったらしい。

「で、でも、ほとんどそのまま——じゃないだろ。外がほとんどで」

「お、おっぱいとお口にもすっごい何回も……もうっ、お風呂入ったのに、またシャワーしたんだよ、あたし」

「え？　気づかなかった」

「だって、湊と二人でお風呂入ったら、洗ってるんだか汚してるんだかわからないじゃん。すーぐに『ムラムラしてきた』とか言って、がばって来るじゃん。普段ならいいけど、昨夜はさっさと洗って寝たかったし……」

「そ、そうだな」

昨日は湊の引っ越しでバタバタしていたので、二人とも風呂はさっさと済ませた。

今日からは——毎日、一緒に入れるだろう。

そうでなくても、湊は葉月か瀬里奈《せりな》か、あるいは二人と一緒に入ることが多い。

派手なギャル、清楚なお嬢様と風呂に入れる幸せが毎日続くなど、信じがたい話だが、間違いなく現実だ。

「そりゃ、Gカップのおっぱいが明るい風呂場でぷるんぷるん揺れてりゃ、揉みたくなるし、そうなればそのまま最後まで——だよな」

「あ、あたしだっておっぱいとかお尻とか洗うとか言って、揉まれたり撫《な》でられたりしたら、そのまま——ヤ、ヤらせてあげてもいいなって思っちゃうよ」

「……つーか、朝っぱらからなんの話してんだ、俺ら」

「だ、だよね。起きようか。んっ♡」

葉月は、軽くキスしてベッドから下りる。

ミルクティー色の長い髪は無造作に後ろで結んでいるだけ。

夕べが激しすぎたせいか、かなり乱れてぼさぼさだ。

キャミソールの裾から、白いパンツとほっそりした太ももが覗《のぞ》いている。

無防備な姿に、ムラムラと欲望がこみ上げてきて——

「なあ、葉月《はづき》」

「え？　あっ……こ、こらぁ……」

湊《みなと》もベッドを下りて、葉月の細い腰を抱き寄せる。

「……もうー♡　朝はいっつもあたしが湊ん家に行って、一回だけだったけど」

「ああ、一緒に住んでたら、二回ヤる余裕ありそうだな」

「う、うん……住んでくれてる間は朝は……に、二回でもいいよ」

葉月も湊に抱きついて、またキスしてくる。

無防備な女友達も、可愛すぎてたまらない。

湊は葉月を強く抱きしめ、キャミソールをめくり上げた。

ぷるるんっ、とノーブラのGカップおっぱいがこぼれ出て、ピンクの可愛い乳首もあらわになる。

「んっ……♡　もっとキスして♡」

湊は、さっそくそれを激しく揉みながら、葉月に頼まれたとおりに唇を重ね、舌を吸ってたっぷりと味わう。

湊は、本当に二回で終わるだろうか、と自分を抑えられる自信はなかった。

「えっ⁉　ど、同棲してるんですか⁉　湊くんと葵《あおい》さんが⁉」

大きく目を見開いて驚いたのは、瀬里奈瑠伽《せりなるか》だ。

昼休み――

湊は、瀬里奈と一緒に校舎の外れにある空き教室にいた。

「いや、同棲じゃなくて同居だよ。しかし、こういう空き教室、いくつもあるんだな。昔は生徒が今よりずっと多かったからか」

「ええ、少子化でクラスの数自体が減っているので。私、たまに生徒会のお仕事を手伝っていて、この空き教室を作業用に使わせてもらってるんです。教室だと気が散りますし、生徒会室は役員のみなさんでいっぱいなので」

「空き教室を一つ使わせてもらえるなんて、優等生は違うなあ」

湊は、あらためて感心してしまう。

瀬里奈は成績優秀、品行方正で教師のウケもいい。

生徒会の会計が知り合いで、その知り合い経由で生徒会の仕事を振られているらしい。

そもそも、生徒会役員にスカウトされたそうだが、役員になるのは断ってたまに仕事を手伝っているとか。

瀬里奈が役員にならなかったのは、生徒会という目立つポジションを嫌がったかららしいが、なんの得にもならない手伝いをするというのは――

やはり瀬里奈《せりな》はとんでもないお人好《ひとよ》しだな、と湊《みなと》は思う。

この空き教室は、〝第二生徒会室〟とでも言うべき部屋らしい。

教室の隅には段ボール箱がいくつも積まれていて、生徒会の古い資料や備品が仕舞《しま》ってあるようだ。

正式な役員ではない瀬里奈は、以前からこの空き教室で仕事をしていたらしい。

ちなみに、湊も備品のノートPCを借りてデータ入力を手伝っている。

「けっこう面倒な作業だしなあ。優等生じゃないと任せられないか」

「そんな優等生なんかでは……ああ、いいえ、違います！　湊くんと葵《あおい》さんの同棲のお話です！　さらっと流されたら困ります！」

「別に瀬里奈は困らんと思うが。だから同棲じゃなくて、同居……いや、居候か？　住み込みのガードマンみたいなもんだ」

「護衛なら、たぶん湊くんより私のほうが強いですよ？」

「……強いだろうな」

湊は、いつぞや瀬里奈に軽々と投げられたことを思い出す。

瀬里奈は〝簡単な護身術〟と言っていたが、体格で勝る湊を投げ飛ばしたのだから、かなり本格的に学んだのではないか。

「でも、俺みたいなのでもいないと不安なんだろ。葉月《はづき》のヤツ、ちょっと怖がりすぎだとは思うが……女の子と猫だけじゃ不安なのもわかるしな」

「葵さん、進学や就職しても一人暮らしは無理そうですね」

「無理だな」

夜中に葉月の部屋を訪ねたときの、明るい顔は忘れられない。

母親がいない不安は大きいのだろう。

本当に、昨夜の葉月は夢中になって湊にしがみつくようにして、その最高の身体を惜しみなく好きにさせてくれた。

あんな寂しがりでは、一人暮らしはまずできない。

「あ、作業終わりました」

「早《はや》っ！　ほぼ同じ作業してんのに……」

湊のほうはまだ半分ほどしか作業が進んでいない。

ＰＣ作業には多少自信があったが、瀬里奈にはまるでかなわないようだ。

「ああ、別に急ぐ作業ではないので大丈夫ですよ。また後日でもいいくらいです」

瀬里奈が優しく、作業の遅い湊をフォローしてくれる。

清楚に見えて変わり者の瀬里奈だが、優しいことは間違いない。

その優しい笑顔を見ていると、湊は――

「今度でもいいのか。瀬里奈のほうは終わったんなら……こっち来ないか？」

「……い、行きます……」

瀬里奈《せりな》はかぁーっと顔を赤くして席を立ち、湊《みなと》の隣へと来た。

湊が椅子に座ったまま机から離れると、その膝へと座ってくる。

「きゃっ、もうこんなになって……♡」

湊の股間に瀬里奈のお尻が当たっている。

なにか異物感があったらしい。

「瀬里奈が可愛いから、つい……」

「わ、私なんてそんな……葵《あおい》さんのほうが全然可愛いですよ」

謙遜ではなく、本気で言っているのが瀬里奈という少女だ。

長い黒髪、透明感のある整った顔立ち。

オフホワイトのスクールセーターを着ていてもわかる、ほっそりとした身体つき。

おっぱいはDカップで本人は小さいと思っているようだが、充分にボリュームがある。

「でも、二ヶ月も一緒に住むなら……葵さんの消費量は凄いことになるでしょうね……」

「瀬里奈まで、アレの減り具合を気にしなくても」

「きゃっ、んっ……♡」

湊は瀬里奈の可愛らしいおっぱいをセーター越しにぐにぐにと揉む。

瀬里奈も応えて、まるでお尻でそこを擦るように動いてくれる。

「まだ私には必要ないですしね……」

「まあ……口を使わせてくれるだけで最高だけどな」

「んんっ♡　湊くん、私のお口、気に入ってくれてますしね……ん、ちゅっ♡」

瀬里奈は湊の膝に乗ったまま、後ろを振り向いて唇を重ねてくる。

葉月《はづき》とはまた別の甘さがして、たまらなく美味しい唇だ。

「たまにお腹《なか》とか尻でフィニッシュもあるけど、特に瀬里奈は最後も口が多いなあ」

そもそも、瀬里奈とはまだ一線を越えていない。

なので、葉月のように着けずにそのまま最後まで――というのはありえない。

「私、胸が小さいですから……葵さんみたいに、最後におっぱいにかけたくならないんでしょうか……？」

「そ、そういうわけでは……つーか、瀬里奈のほうが最後に口にほしがるんじゃないか。し、しかもそのまま……ごくって……」

「そ、それは……お腹にかけられるのはイマイチで……いっそお口でのほうが……」

「まあ、俺としては口でフィニッシュも気持ちいいから最高だけど」

「あ、ありがとうございます……こんなお口でよければいつでも……どうぞ」

「いやいや、礼を言うのは俺のほうだろ。頼んでこんなことさせてもらってるんだしな」

湊は、ぐいっとDカップのおっぱいを持ち上げるようにして揉む。

そのたびに、瀬里奈《せりな》は可愛い声をあげてよがってくれる。

この二人目の女友達も、頼めばたいていのことはヤらせてくれる。

これだけ瀬里奈の身体を楽しんでおいて、最後の最後、一線までは未だ越えていないのが不思議なくらいだ。

「ちょっと、パンツも見たいな」

「えっ……きょ、今日のは特に地味ですよ……？」

「そりゃ余計に楽しみだ。ほら、ここ」

「は、はい……失礼します……」

湊《みなと》がノートPCをどけると、瀬里奈は机の上に座った。

「ごめんなさい、お行儀悪いですね……ど、どうぞ♡」

「うおお……地味でも可愛いな、これ」

瀬里奈がやや長めのスカートをめくると、フロントにピンクのリボンがついた白いパンツが現れる。

清楚な瀬里奈には、やはり白がよく似合う。

「あ、あんまりじっと見られたら……きゃあっ♡」

「はー、ここが天国か？」

「ス、スカートの中に顔を突っ込んじゃ……あんっ、鼻がそこに当たってます♡」

湊《みなと》は我慢しきれずに、スカートに顔を突っ込んで至近距離で瀬里奈《せりな》の白パンツを観賞させてもらっている。

薄暗い中でも、白いパンツはまばゆいほど輝いて見えてしまう。

これほどまでに清楚な美少女のパンツをゼロ距離で見られるのは、自分だけだ。

女友達に頼み込んで許可してもらってるとはいえ、最高すぎる。

「しばらく、このまま見せてくれ」

「は、はい……どうぞ、お好きなだけ……きゃっ、下着、ズラして……あんっ♡」

湊は、スカートの中でモゾモゾして悪さをしつつ――

「あ、あの……葵《あおい》さんのお話なんですが」

「うん？　ああ、瀬里奈もたまに泊まりに来てやったら、あいつも安心するだろ」

「は、はい……できるだけ行きたいです……湊くんもいるんですよね？」

「瀬里奈がいれば、俺がいなくてもいいかもだが……せっかくだしな」

「は、はい、せっかくですから三人でお泊まりしたいです♡」

湊は葉月《はづき》と瀬里奈、一人ずつと遊ぶのも好きだが、三人で遊ぶのはもっと最高だ。

先日のフェアリーランド――フェアランでのお泊まりは、葉月との間にシリアスな場面も発生してしまったが、楽しかった。

昼間はアトラクションを楽しみ、夜は二人の美少女と一緒に風呂に入り、ベッドで瀬里奈の胸とパンツを楽しみ、葉月には最後までヤらせてもらった。

それも、何時間も二人の身体を隅々まで漁《あさ》るようにして――

Ｇカップでおっぱいが美味しく派手なギャルの葉月と、清楚で華奢なお嬢様の瀬里奈。

どちらのほうがいいということもなく、二人と遊ぶのがいいのだ。

「でも……あんっ♡　そ、そこ、息がかかって……♡」

「でも、どうした？」

「え、ええ……湊くんがいると言っても、葵さん一人ではいろいろ大変そうですね……」

「そうだろうな。俺なんて、ただの夜のガードマンだし」

湊たちが住むマンションは、セキュリティはそれなりにしっかりしている。

泥棒などはそうは入ってこられないし、湊が葉月を守る機会は訪れないだろう。

葉月に物理的な危険はほとんどないだろうが――

ただ、葉月が心理的に安心してくれたら、それで充分だ。

「やっぱ、〝三人〟で遊びたいしな。瀬里奈がいてくれたら――」

「ねー、るかっちー。ちょっといいかなぁ」

いきなり、がらりと空き教室の扉が開いた。

「………っ！」

「きゃっ……⁉」

湊《みなと》は慌てて、瀬里奈《せりな》のスカートから抜け出したがもう遅い。

瀬里奈もスカートを押さえたが、それも遅すぎた。

「えっと、るかっちと……みなっち？」

「み、みなっち？」

空き教室に現れた女子生徒——

湊は、彼女のことを知っている。

「ほ、穂波《ほなみ》……」

そう、彼女は穂波麦《むぎ》。

湊や葉月《はづき》、瀬里奈とは同じクラスの女子。

そして、葉月が率いる陽キャグループに属するギャルだ。

その中でも特に派手で、金色に染めた髪と褐色の肌、それにスカートもかなり短い。

明るすぎるギャルだが、気さくなタチらしく、湊は以前彼女にちょっとした頼み事をしたこともあった。

ただ、〝みなっち〟などと愛称をつけられるほど仲良くなった記憶もない。

湊が気づかなかっただけで、穂波の気さくさは想像以上だったようだ。

「へぇ、スカートん中に……」

「……………っ」

どうやら、完全に決定的シーンを目撃されていたらしい。

湊はドキリとして、瀬里奈をちらりと見た。

のんびりした瀬里奈もさすがに状況は理解したらしく、冷や汗を流している。

「二人で面白いことしてんね。るかっちも意外に……意外でもないか、天然だもんねぇ」

「て、天然？　わ、私がですか？」

瀬里奈瑠伽《るか》は一〇〇パーセント天然だが、本人は自覚がない。

「い、いえ、そんなことより……こ、これは友達同士の遊びです。私、湊くんとはお友達ですから。こういう遊びの関係でもあるんです！」

「そういうトコが天然じゃないかなぁ」

「………………」

まったくもって、湊も穂波に同意だったが、口を挟みにくい。

瀬里奈の言い訳はともかく、とんでもないシーンを目撃されてしまった。

誤解を避けるためにも、なんとか湊が穂波に言い訳して、このことを秘密にしてもらわなければ。

だが、なんと説明すればいいのか――湊は動揺のあまり、頭が回らない。

「遊びか。なるほど、遊びね。じゃあさぁ」

穂波《ほなみ》は、つかつかと湊《みなと》と瀬里奈《せりな》のそばまで歩いてきた。

短すぎるスカートの裾が揺れ、褐色の太ももがほとんど見えている。

湊は、思わずその太ももを見てしまい――

「ねえ、みなっち、るかっち」

「な、なんだ？　お、おいっ、なにをして――」

穂波は、その短すぎるスカートをさらにめくり、パンツがギリギリで見えないところまで――

「その遊び……麦《むぎ》もまぜてよ♡」

「じゃあ、まずはパンツを見せてもらうところからだな」

「みなっち、動揺から立ち直るの早《はや》っ！」

思わせぶりに笑った穂波が、今度は驚きの表情を浮かべる。

可愛い女子との遊びに既に慣れている湊は、ただ美少女に振り回されるだけではなくなっている。

湊自身、気づいていない成長だった。

3 新たな女友達は波乱を呼ぶらしい

Onna Tomodachi ha Tanomeba Igai to Yarasete kureru

「バ、バレたぁ⁉」

葉月《はづき》が、ひっくり返った声を上げた。

放課後、葉月の家のリビング――

「今日の昼休み、そんなことあったの？　しかも、麦に？　なんでよりによって麦に？」

「さあ……俺もそこはなにがなにやら」

なぜ、あの空き教室に穂波麦が現れたのか。

湊も、そこは知らない――というより、動揺していてツッコミを入れられなかった。

葉月が驚くのも当然で、彼女にとっては同じグループの仲間で、ごく親しい友人なのだ。

「まあ、麦もあちこちウロウロ落ち着かないヤツだけど……つーか、あんたら学校でなにやってんの？」

葉月は、じっとりした目を湊と瀬里奈に向けてくる。

「いや、瀬里奈を見てるとどうしてもムラッとして頼みたくなって……」

「湊《みなと》くんに頼まれたら、お断りするわけにはいきません……お友達ですし」

「じゃあ、もうちょっとキスしていいか？」

「え、ええ……どうぞお好きに……んっ、んむ♡」

「ここでもなにしてんの、あんたら……ちょっ、今度はあたしがちゅーする番でしょ……んっ、ちゅ♡」

「ふ、ふぁい……ごめんなさい」

湊はリビングのソファに座り、その横に葉月《はづき》が座っている。

瀬里奈《せりな》はその逆側、湊を挟んで座り込んでいる。

二人の女友達が、むさぼるように湊の唇を味わっているところだ。

「その、湊くんが私のスカートに顔を入れていたら急に現れて……」

「決定的瞬間じゃん。んっ、ちゅっ、んんっ……♡」

「あの空き教室、誰も来ないと思ってたもんな」

「ばーか。学校で油断しすぎ……んっ♡」

葉月は、湊を罵《ののし》りつつぺろぺろと舌で唇を舐《な》めてくる。

「それで……湊、麦《むぎ》のパンツは見せてもらったわけ？」

「そんなわけないだろ。言ってみただけだ」

湊は葉月の肩を抱き寄せ、ちゅばちゅばと唇を味わう。

「んんっ……とりあえず言うようなことでもないでしょ。この男はまったくもう」

「友達でもない女子にパンツを見せてもらうなんて、ありえないだろ？」

「ですよね……私と葵《あおい》さんは湊くんのお友達ですから、下着は……好きに見ていただいていいですけど」

「……なんかおかしいけど、まあいっか」

葉月が首を傾《かし》げつつ、湊にちゅっちゅとキスしてくる。

「穂波《ほなみ》さんは、葉月グループで遊んだときに絡んだくらいだからな。さすがに、友達っていうのは図々しいだろう」

葉月の過去を聞き出すときに穂波とコンタクトを取ったことは、瀬里奈には一応内緒だ。

隠すほどのことでもないが、葉月の過去を勝手に人には話せない。

「でも、瀬里奈も穂波さんとは知り合いだったんだな？」

「は、はい……」

瀬里奈も湊にちゅっとキスしてから、膝に乗っかるようにしてくる。

やや長めのスカートに包まれた、ほっそりしつつも柔らかい太ももが湊の脚に当たっている。

「同じ中学ですし、高校に上がってから何度か葵さんのグループで遊んだときにも――」

「ああ、そりゃそうか」

湊《みなと》は、瀬里奈《せりな》の細い腰を抱き寄せながら頷く。

葉月《はづき》と瀬里奈は同じ中学出身で、穂波《ほなみ》も同じ。

瀬里奈と穂波も面識があるのは当たり前のことだ。

「葉月と瀬里奈もタイプが違いすぎて、同中《おなちゆう》っていうのをたまに忘れそうになるよな」

「タイプは関係ないでしょ、学力があれば同じ高校に行けるんだから」

葉月はぐにっ、とそのGカップのおっぱいを湊の胸に押しつけている。

ピンクのカーディガンとブラ越しにも、その暴力的なまでの大きさと柔らかさが伝わってくる。

湊はすぐにでも前をはだけさせて、胸にむしゃぶりつきたいところだが——

さすがに会話の最中なので、キスと密着だけで我慢している。

「同中なのはいいが、なんで穂波さんはあそこに現れたんだろうな？」

「私に用があるみたいでしたね。以前からたまに、特に用がなくても私に絡んで——いえ、話しかけてくることはあったんです。空き教室で作業していることもお話ししたことがあったかも……」

「そんな、穂波さんの気まぐれでバレるとは……運が悪かったなあ」

「だから運じゃなくて、あんたらの油断だっつーの。もうっ」

「うわっ」

葉月は湊にキスしながら、軽く力を入れて唇を噛《か》んできた。

甘噛《あまが》み程度で、むしろ気持ちいいくらいだったが。

「わ、わかってるって。これからは学校で瀬里奈のスカートに顔を突っ込むときは気をつけるようにするよ」

「スカートに顔を突っ込まないって選択肢はないわけ？」

「瀬里奈と二人きりでパンツを見るななんて、無理を言うなよ」

「そ、そうです。さすがに湊くんにそんな我慢ができるわけがありません」

「瑠伽《るか》、湊を甘やかしてんのか、ディスってんのか、わかんないね」

葉月は呆れつつ、さっき噛んだ湊の唇をぺろっと舐めてきて——

ふぅっとため息をついた。

「麦《むぎ》はあたしの友達だし、瑠伽とも同中だからね。見られたのがあいつで、まだよかったよ」

「まあなあ……あれ、でも」

湊は、葉月と瀬里奈にちゅっちゅっと一回ずつキスをしてから。

「なによ、湊？」

「瀬里奈はメチャメチャ勉強できるのに、なんでウチくらいの学校にいるんだ？」

「え？」

瀬里奈は湊に太ももを押しつけつつ、きょとんとしている。

「俺はともかく、葉月《はづき》と同じ学校にいるっていうのも変な話だよな」

「おいこら、次は舌に嚙みつくぞ」

「怖《こわ》っ！」

はむはむ、と葉月が湊《みなと》の舌を唇で挟むように味わってくる。

「お、おい、それじゃしゃべれな……ふうっ」

「ほら、舌を嚙むのは勘弁してあげる。それで湊、話の続きは？」

「あ、ああ。瀬里奈《せりな》なら、もっと偏差値高い学校、行けたんじゃないのか？」

「いえ……」

瀬里奈は、ふるふると首を横に振った。

「私は特にいい学校に進みたいわけでもなかったので……両親も無理して勉強する必要はない、という感じで」

「へぇ……」

まさか瀬里奈の親も、「女に学問はいらない」などと前時代的なことを考えているわけではないだろう。

ただ、子供に無理をさせたくないというだけならありえる。

そもそも瀬里奈なら、どの高校にいても自主的に勉強して、好きな大学に進めるだろう。

「まー、俺らの学校、家からも近いし、のんびりしてて治安もいいもんなあ」

「ええ、それで私も……あんっ♡」

湊がぺろりと首筋を舐めると、瀬里奈は甘い声を上げた。

「っと、ダメだ。こんなことしてたら話が進まない」

湊は、最後に葉月と瀬里奈にもう一度ずつキスをしてから、二人を離れさせる。

「でも、その前に、湊くん――」

「そうね、湊が落ち着いて話ができるようにしてあげないとね」

瀬里奈が思わせぶりに言い、葉月も頷いて、二人はソファから下りた。

「お、おい……二人でかよ……」

「二人がかりで、責めてあげる♡」

「私と葵《あおい》さん、二人のお口……どうぞ♡」

それから、湊はソファに座ったまま二人の女友達の口で――

たっぷりとしてもらってから、湊は一息つく。

「ふぅ……すっげーよかった」

「あったり前でしょ。ちょっと、口ゆすいでくるね。このままじゃ、キスしづらいし」

「あ、私も。湊くん、口を洗ってからまたちゅーしましょう」

二人は洗面所に行って、口を洗って戻ってきた。

別に湊は、事が終わったあとに葉月と瀬里奈とキスしても気にならないが。

「ふー……とりあえず、穂波《ほなみ》さんのことをどうするかだな」

「さっきもちょっと言ったけど、麦《むぎ》でまだよかった。あいつなら、湊《みなと》と瑠伽《るか》のことを言いふらす心配はないでしょ」

「そうですね、穂波さんはそもそも先生方に近づいたりもしませんし……」

「それはそうか」

湊たちが通う室宮《むろみや》高校は、校則がゆるい。

葉月《はづき》の茶髪程度はまったく問題なく、ギャルでなくても染めてる女子も多い。

ただ――

「穂波さん、葉月グループの中でもめっちゃ派手だもんなあ」

「中学んときはあそこまでじゃなかったけどね。髪の色も、あたしとあんまり変わらないくらいで」

「もともと色黒らしいですしね。中学のときは水泳部で、もっと真っ黒に焼けてましたし、今はちょっと薄くなったくらいで」

「ああ、日焼けサロンとかに通ってるんじゃないのか」

昔は日焼けしているギャルが多かった、と湊は聞いたことがある。

てっきり、穂波は趣味で日焼けしているのかと思っていた。

言われてみれば、穂波の褐色の肌は健康的で、無理に焼いたという感じでもない。

ただ、さすがにあまりにも派手すぎる。

職員室に近づけば、教師に嫌味《いやみ》の一つ二つは確実に言われるだろう。

「麦は教師からは逃げ回ってるからね。それでなくても、あいつはチクったりするタイプじゃないし」

「それは俺もわかってるよ」

葉月グループの一員に、そんな陰険なマネをする人間がいるとは思えない。

湊は、葉月には見る目があると思っている。

過去に友人関係でいろいろあったからこそ、友達は慎重に選んでいるのではないか。

自分も葉月の友達なので、湊がそんなことは口に出せないが。

「要するに、まとめると――見られたのが麦で不幸中の幸いってことよ。言いふらさないし、間違っても教師に言わないし、もちろんこれをネタになんか迫ったりもしないでしょ。ただね、湊、瑠伽、二人とも今後は注意するように」

「わ、わかってるって」

「はい……すみませんでした」

湊と瀬里奈《せりな》は、揃《そろ》ってしょぼんと肩を落とす。

実際、湊と瀬里奈には油断があったのだから反論できない。

「つーかさ、湊、瑠伽。あんたら、学校でヤりすぎ……あたしは一度も学校でヤったことないのに」

「そりゃ、葉月《はづき》が生徒会の手伝いとか不自然すぎるだろ」

「うっ……！」

「それに、葵《あおい》さんは学校だと他のお友達と一緒にいることも多いですし……」

「ううっ……で、でも湊《みなと》も瑠伽《るか》も他に友達いるでしょうが。あんたら、最近二人でいること多くて、変に思われてるかもよ」

湊たちに、ジト目を向ける葉月。

「俺の友達は、誰がいてもいなくても割と気にしない奴《やつ》らだからなあ」

「私の場合は、昼休みも放課後も、勉強したり本を読んだりされてるお友達が多いですし……あまり気にされてないようです」

「……あたしら、全然別なタイプなのに友達になったもんだよね」

それは言われるまでもなく、三人全員が前々から思っていることだった。

湊は、瀬里奈《せりな》の細い腰を抱き寄せ、またキスしながら本当にこの組み合わせはなんだろうと思った。

それから、瀬里奈のオフホワイトのスクールセーターをめくり、白いブラウスのボタンを外して、ブラジャーを露出させた。

「やんっ♡　お、おっぱい揉んでもいいですけど、もうちょっとキスを……」

「ああ、そうだな」

湊は、ブラジャーを下にズラして薄ピンクの乳首を露出させ、そこをいじりながら瀬里奈とまたキスを続ける。

「って、こら、瑠伽。一人で、湊とちゅっちゅしてんじゃないの」

「す、すみません。つい、なんとなく……」

「結局、まだ続けんのね……」

「当たり前だろ。葉月、瀬里奈、じゃあ……友達の二人になら頼めるよな。パンツを……見せてくれ！」

「も、もう……しょうがないヤツね。今朝だってじっくりパンツ見て、二回も……だったくせに」

「い、いいですよ……私も、昼休みにお見せしてますけど……」

葉月がスカートをめくって黒いパンツを、瀬里奈もスカートをめくって白いパンツを見せてくれる。

「何度でも見たいに決まってるだろ！」

こうして、二人の可愛すぎる女友達が頼めばパンツを見せてくれる。

湊が穂波麦《ほなみむぎ》のパンツに興味がないと言ったら嘘《うそ》になるが、毎日女子のパンツを二枚は見られるだけで、充分すぎるほどの幸福だ。

わざわざ、別の女子のパンツにこだわる必要もない――

「それで、みなっち。麦《むぎ》のパンツ、見たい？」

「もちろん見たい」

湊《みなと》は迷わずに答えた。

いや、別の女子のパンツにこだわる必要はないが――

見せてくれるというなら、断る理由もない。

年頃の男子高校生が、可愛い女子高生のパンツを見られるチャンスを逃すほうが不自然というものだ。

「湊くん、その迷いのないところが凄いですよね……」

本気で感心しているのは、瀬里奈《せりな》だ。

放課後――ここは、例の空き教室。

今日は生徒会の手伝いはないのだが、湊と瀬里奈、それに穂波《ほなみ》の三人で集まっている。

穂波に付き合うように言われて、湊と瀬里奈には断る選択肢はなかった。

スカート覗き込み事件のことを言いふらすはずはなくても、まだ穂波に警戒は解けなかったからだ。

「あ、いや、待ってくれ」

「なに、みなっち？」

「友達でもない女子のパンツ見たいとか言うほどイカレてないからな。見たいか見たくないか、って質問に答えただけで」

実際、クラスの男子全員に訊《き》けば湊と同じ答えを返すだろう。

湊のクラスには葉月《はづき》と瀬里奈という飛び抜けた美少女二人がいるが、穂波麦も決してこの二人に劣っていない。

派手すぎる外見のためか、若干のイロモノ感があるだけで、穂波は相当な美少女だ。

「ふぅーん、みなっちってば葵《あおい》のグループで遊んでたときは、麦に全然興味持たなかったくせにぃ？」

「そ、それは……正直、いっぱいいっぱいだったから」

湊はがっくりと肩を落とす。

事実、校内でもトップクラスの陽キャグループに、湊のような凡人がまざって平常心でいられるはずがない。

「まー、みなっち、確かにかなりテンパってたねぇ。麦だってけっこう話しかけたのに、『ああ』とか『うん』とか全部二文字で返されたから」

「そ、そうだっけか」

りする。

ちなみに今、隣にいる瀬里奈《せりな》も何度かまざっていたらしいが、それすら記憶になかった。

葉月《はづき》グループとの遊びで穂波《ほなみ》がいたかどうかすら、まったく覚えていない。

正直、湊《みなと》はまったく記憶になかった。


「あのときから、麦《むぎ》はみなっち面白いなーとか思ってたのにね」

「お、面白い？」

「ウチのグループにたまに男の子がまざってくることあるけど、スマートな陽キャイケメンばっかかだからねぇ。麦、ああいうの全然趣味じゃなくて」

「……どういうのが趣味なんだ？」

湊は自分が陽キャイケメンでない自覚は充分に持っているが、穂波の趣味は気にはなる。

「あー、葵《あおい》たちと遊ぶのが楽しすぎて、あんまり男の友達って気にしなかったんだよねぇ。たまに『なんかいるな』くらいの認識で」

「それもなかなか……」

おそらく、葉月たちと遊んでいた男友達は下心たっぷりだっただろう。

あわよくば、葉月と――それが無理でも穂波をはじめとしてグループの女子たちは、美少女揃《ぞろ》いなので狙っていたはずだ。

葉月グループを狙うくらいだから、男子たちも陽キャのイケメン揃いで落とす自信もあったのではないか。

なのに、葉月グループの女子のほうは男子に対して、「なんかいる」くらいの認識でいたというのは、なかなか残酷な話でもある。

「でも、みなっちは全然違ったよねぇ」

「そりゃ、違うだろうな」

湊は顔もスタイルも人並み、成績が多少いいくらいで運動神経も平凡だ。

おまけに陽キャにはほど遠く、コミュニケーション能力も不足している。

「麦たちにはオドオドしてんのに、葵には妙に堂々としててさ。不思議だったねぇ。びっくりしちゃったよ。葵と仲良くできる男子とか、何者だ？　みたいな」

「ええ、湊くん、私にはしばらく遠慮があったのに、葵さんにはあっという間に馴染《なじ》んでましたよね……」

「そ、そうかな」

湊が葉月と気が合うのは疑いない事実だ。

葉月には湊を信用する理由があって、壁をつくらずに接してきてくれたのも大きい。

ただ、湊が葉月と仲良くしていたというだけで、周りの女子からの湊への評価が上がっているとは夢にも思っていなかった――

「葵が仲良くしてる男子には元から興味あったんだよねぇ。この前、えなっちの情報だけ聞き出してさっさとどっか行っちゃったけど」

「あ、ああ。その節は助かったよ……」

葉月《はづき》の過去を探るために、穂波《ほなみ》に協力してもらったことがある。

考えてみれば――

「そういや、穂波さんには助けてもらったのに、まだお礼もしてなかったな」

「麦《むぎ》は、えなっちを紹介しただけだけどねぇ」

穂波は、にやっと笑う。

隣で、瀬里奈《せりな》が「えなっち？　小春《こはる》さん？」と首を傾げているが、ツッコミは入れてこなかった。

慎み深い瀬里奈は、余計なことに首を突っ込まない。

「いや、穂波さんの情報がなかったら、まあ……詳しいことは言えないんだが、俺は困ることになってただろうな」

「そうなんだぁ。麦は別にお礼はいらないけど、みなっちが一緒に遊んでくれたら充分」

「そ、そんなことでいいのか？」

小春恵那《えな》がえなっち、湊《みなと》がみなっち。

微妙に似ていてまぎらわしいな、と湊はどうでもいいことを思いつつ。

「じゃあ……なにして遊ぶぅ？」

「お、おい……」

湊がまだ頼んでもいないのに、穂波がすーっと短すぎるスカートをめくっていく。

褐色の太ももが大胆にあらわになっていき——

「ぱっ♡」

突然、穂波がスカートの裾を掴んでいた手を離した。

「なーんてねぇ、麦だっていきなり男子にパンツ見せたりしないって」

「そ、そうだよな、瀬里奈じゃあるまいし」

「どういう意味でしょう……？」

じぃっ、と瀬里奈が湊の目を覗き込んでくる。

自分のことなら、慎み深い瀬里奈もツッコミを入れてくるようだ。

湊が瀬里奈とほぼ初めて話した日に彼女のブルマを見せてもらったが、ついでにブルマからはみ出ていた白パンツを見たことは内緒だった。

「き、気にしないでくれ」

「そうですか、わかりました」

かと思えば、あっさりと引き下がる瀬里奈だった。

どうも瀬里奈は、友人を無条件で信用しすぎている節がある。

「というかさあ、みなっち」

「え？」

「さっきスルーしたけどぉ、ちょっとショックだなぁ」

「ショックって？」

「友達でもない女子のパンツは見たくないってヤツ」

「あ、ああ。え、でもなんでそれでショック……？」

湊《みなと》としては、ごくごく常識的なことを言ったつもりだった。

突然、穂波《ほなみ》が不満そうに頬をふくらませた。

「麦《むぎ》のほうは、みなっちを友達だと思ってるんだけどなぁ？」

「あ、いや、うん……そうか」

湊は歯切れ悪くなってしまう。

戸惑ってしまったのは——穂波麦が自分から遠く離れた人間だと感じていたからだ。

自分から一番遠いと思っていたのは葉月《はづき》だが、気さくで明るいために割とすんなり馴染んでしまった。

瀬里奈《せりな》も可愛すぎて遠いことに変わりはなかったが、穏やかで優しい性格なので、こちらも割と早く警戒は解けた。

しかし、穂波麦は葉月以上に派手なギャルで、陰キャの湊には別次元の存在のように思えてならない。

この前、小春恵那《こはるえな》の話を聞き出したのも、かなりの勇気を要したのだ。

「みなっちとは一緒に何度も遊んだし、葵《あおい》の友達だしあいつと仲良いし――」

ちらっ、と穂波は瀬里奈のほうを見た。

「るかっちとも仲良いんでしょ？　むしろ、そっちのほうが驚きかも」

「わ、私ですか？」

「るかっち、絵に描いたような清楚タイプだし、中学んときから男子と全然関わらなかったし、なんかあの頃は〝一人女子校〟って感じだったよね」

「ひ、一人女子校？」

「………………」

瀬里奈は驚き、湊は一瞬噴き出しそうになった。

意味不明ながら、瀬里奈のイメージに合う表現だった。

瀬里奈は清楚すぎて、共学に通っていながら女子校のお嬢様感が強い。

「みなっちは、るかっちとも仲良くなってるんだし。面白すぎて、もはや麦の友達と言っても過言じゃないでしょ」

「友達だから……穂波さんのパンツが見られるってことか？」

「おい、そこかーい！」

マイペースそうな穂波が、慌ててツッコミを入れてくる。

湊《みなと》の一言は意外だったらしい。

「でも、葵《あおい》とるかっちの友達なら、もう完璧に麦《むぎ》の友達だよ。ね、るかっち？」

「え、ええ、そう……ですね？」

なにやら、瀬里奈《せりな》は強引に穂波《ほなみ》に押し切られている。

瀬里奈と穂波が友人関係かどうかは、湊には判断がつかない。

同中なのだし、今の二人の会話を見ている限り、不仲ということはなさそうだが。

「じゃ、まずはみなっち。穂波〝さん〟じゃなくて、呼び捨てで」

「あ、ああ。穂波……」

以前の湊だったら女子を呼び捨てにするのはハードルが高かった。

ただ、今は葉月《はづき》と瀬里奈、それに梓《あずさ》琴音《ことね》という女子も苗字《みょうじ》で呼び捨てにしている。

そこまで高いハードルではなくなっている。

「はい、よくできました。友達だから……パンツ見せてもいいかなぁ？」

「マジか！」

「すっごい食いついてくるじゃん、みなっち！　友達になったら、ソッコーでパンツ見たがるんかい！」

再び、穂波が意外に鋭いツッコミを入れてきて――

「そんじゃあ……まあ、ここでお披露目《ひろめ》しちゃおっかなぁ？」

穂波はニヤリと笑って、またスカートの裾を摑んで――

歩いてるだけで見えそうな超ミニのスカートをゆっくりとめくり上げていく。

「ごくり……」

なぜか、湊の隣にいる瀬里奈が唾を呑み込んでいる。

葉月といい瀬里奈といい、女子でも女子のパンツを見たいものらしい。

この二人が若干特別な可能性もかなり高いが。

「たららら～、たららら～……」

穂波は謎のリズムを取りつつ、さらにスカートをめくって――

「たららら～……じゃじゃん！」

「………！」

最後は、ぱっと大きくスカートをめくり上げた。

大きくめくりすぎて、褐色のお腹とヘソ、さらにスカートに折り込まれた白いブラウスの裾まで見えてしまっている。

そして――

「ええっ⁉」

湊は、思わず驚きの声を上げてしまう。

穂波麦のスカートの中、褐色のむっちりした太ももの上に――

真っ黒な短パンをはいていた。

「ほ、穂波《ほなみ》……短パンなんてはいてるのか……!?」

「普通、はいてるよねぇ!?」

湊《みなと》が驚いたことに、穂波が驚いている。

いや、実際に湊は、最近はスカートの下を見るときは必ず見せパンではなく、生パンツを見てきたために意外でならなかった。

「いえ、私ははいてませんが」

「えっ、るかっち、見せたがりなの……？　露出癖《ろしゅつへき》ってヤツ……？」

「ち、違いますよ。湊くんに下着を見せるとき、わざわざブルマを脱ぐのも手間がかかるじゃないですか」

「えーと、ごめん。ツッコミどころしかないんだけど、その台詞《せりふ》……？」

穂波はスカートをめくったままで呆れている。

「私はスカート長いですから、まずめくれたり下から覗かれることもないです」

「うーん、ギリギリかなぁ？　るかっち、一応気をつけたほうがいいよ」

「大丈夫です、まだ湊くん以外に……し、下着を見られたことはないと思います」

瀬里奈《せりな》は湊に何度もパンツを見せていても、未だに恥じらいは忘れない。

彼女のことだから、強風の日や階段を上るときは人一倍気をつけているだろう。

湊《みなと》は瀬里奈《せりな》が天然でありながら、実は隙がないことも知っている。

もちろん、湊は誰にも瀬里奈の清楚な白パンツは見せたくないので、彼女には貞淑《ていしゅく》でいてもらいたい。

カレシでもないのに勝手な願望ではある。

「ふぅーん……よくわからないけど、とりあえず一個確認」

「なんだ？」

「みなっちとるかっち、付き合ってるわけじゃないんだよね？」

「え!?　い、いや、そんなわけないだろ」

「そ、そうですよ……私たちはあくまでお友達で……下着を見せるのもお友達の湊くんに頼まれたからです」

「友達だから、ねぇ……？　すっごい話だねぇ」

穂波《ほなみ》は、湊と瀬里奈の顔を交互に見て、苦笑いしている。

「二人がどういう関係か悩んじゃったけど、シンプルだねぇ。えっと、なんの話だっけ？」

「ん？　なんか話を戻す必要あったっけか？」

「穂波さんが短パンをはいてるというお話……でしたっけ？」

「それはマジで驚いたな。確かに、もっと掘り下げてもいい話だな」

「驚くなっつーの。普通だっつーの」

穂波は、スカートをぴらぴらとめくったり戻したりして、短パンを見せつけてくる。

「こんなギャルの麦《むぎ》だって短パンくらいはいてるのに、るかっちは変わってるねぇ」

「元々、その……下着の上になにかはくのが苦手で落ち着かないのもあります」

「麦もそれはちょっとわかるかなぁ。重ねてはくの、ちょっと邪魔くさくはあるよね」

「葉月《はづき》も似たようなこと言ってたな」

湊は、以前の葉月の話を思い出した。

葉月は学校にはスパッツをはいてきているが、家に帰るとすぐに脱いでしまうという。

どうも邪魔くさくて仕方ないようだった。

「ああ、そうだよな。考えてみりゃ、葉月も学校ではスパッツはいてるな、未だに」

「変なことしますね、葵《あおい》さん。どうせ湊くんの前では脱ぐのに」

「でも、そう思えば穂波が短パンはいてるのも当たり前ではあるか」

「ちょっと、そこの二人、ヒソヒソ話をしなぁい」

まだ、湊と葉月の関係までは穂波には話せない。

あくまで、湊と葉月は普通の友達だと思ってもらったほうがいい。

「けど、みなっちは残念かな？　短パンじゃ面白くない？」

「そりゃ、生パンツのほうが嬉しいが」

「はっきり言うね、みなっち。全然イメージと違ったわ。やっぱおもろい……」

面白がられるようなことだろうか、と湊《みなと》は内心で首を傾げる。

「じゃあ、こう考えたら？　まずは短パンっていうのもいいんじゃない？　初手でパンツ見せられても、ありがたみないよねぇ？」

「確かに！」

「思ったより力強く同意された！」

穂波《ほなみ》は呆れているようだが、湊は実際に納得していた。

考えてみれば、葉月《はづき》に学校で試験勉強を見るように頼まれてから、初めて彼女のパンツを見るまで数ヶ月かかっている。

もちろん、湊は葉月に声をかけられたことを不審に思いつつも、彼女のパンツのことを思わない日はなかった。

男子高校生なら、女子のおっぱいとパンツを考えない日はないだろう。

特に女性から縁遠い男子ならなおさらだ。

それだけ、ためにため込んだからこそ、葉月のパンツを初めて見た——

寝ている隙にスカートをめくって見てしまった、黒いパンツの衝撃といったら凄《すさ》まじいほどだった。

おそらく、一生忘れることはない最高のパンツだった。

「確かに、焦《じ》らされてから見るのも悪くない……」

「そんな深く納得されても。まあ、短パン見たって面白くないだろうなーとは思うけどさ」

穂波は近くにあった机を引き寄せ、そこに座った。

湊と瀬里奈《せりな》が、普段はノートＰＣを載せて作業している机だ。

「けど、男子ってスカートの中を見られるだけでも嬉しいんじゃない。ほーら♡」

「……………っ」

「ほ、穂波さん、品がないですよ。女子なら座るときに脚を広げてはいけません」

穂波が座ったままスカートをめくり、脚をぐいっと広げて膝を立て、短パンを見せつけてきている。

湊に何度もパンツを見せている女子が、まだパンツを見せていない女子に注意しているのも大概ではあるが。

「あ、やっぱドキッとしてるぅ。みなっち、可愛いトコあるじゃん」

「そ、そうだな……というか……」

「ん？　なぁに？」

穂波が首を傾げている。

派手なギャルで大人っぽく見えるが、仕草はむしろ子供っぽい。

そんな子供っぽさもある穂波が――

「いや、穂波……短パンの隙間からパンツ見えてる」

「えっ！」

穂波《ほなみ》はぽっと顔を赤くして、視線を下に向けた。

短パンの隙間から太ももの付け根が見え、さらにパンツまで見えている。

「意外だな……穂波、白をはいてるんだな」

「わわっ！」

穂波は慌てて脚を閉じ、スカートを押さえつけた。

残念ながら、素晴らしいパンチラが見えなくなってしまう。

褐色の肌と黒い短パンには、白のパンツが最高に合っていた。

これだけの絶妙なパンチラは、湊《みなと》も初めてお目に掛かったと言えるだろう。

「うう、まだ見せるつもりなかったのにぃ……短パンの隙間から見えるなんて」

「むしろ普通にパンツ丸見えになるより、短パンの隙間から見るパンツのほうがエロいまであるな……」

「なるほど、深いですね、湊くん」

「君ら、なにを言ってるのかなぁ⁉」

穂波は、まだスカートを押さえたまま、顔も真っ赤なままだ。

人は外見で判断してはいけない。

ギャルの中でも特に派手な穂波でも、下着を見られたら恥ずかしいようだ。

「ああ、悪い。つい、凝視して……そっちは見せるつもりだったわけでもないのに」

「そういうときは謝るんだ……？」

「そりゃ、頼んで見せてもらったわけじゃないからな。ごめん」

「い、いいけどさぁ……」

穂波は、すたっと机から滑るようにして下りた。

「もう見せちゃったから、今日の〝遊び〟はこれまでね。というか、みなっちとは、ちょっとやってみたいことあるんだよねぇ」

「え？　なんだ？　や、やってみたいこと？」

「それはまた今度。麦《むぎ》、今日はもう帰るねぇ。るかっちもまた明日」

「あ、はい……白いパンツ、可愛かったです」

「るかっちにも見られてた！　恥ずっ！」

穂波はそう叫ぶと、リュックを掴んで走り出し、空き教室から出て行った。

「うん……本当に人は見た目で判断しちゃいけないな。ギャルだからって軽いとか思うのは偏見だな」

「そうですね……偏見はよくありません」

清楚な見た目でありながら、湊の前では驚くほど大胆な少女が、うんうんと頷く。

「でも、どうするかな……とりあえず、瀬里奈《せりな》のパンツ、見せてもらっていいか？」

「あ、はい……こ、こうしましょうか……」

瀬里奈《せりな》は、さっきまでの穂波《ほなみ》と同じように机に座り、長めのスカートをめくって。

真っ白な太ももと、白いレースの縁取りがしてあるパンツを見せてくれる。

「机に乗るなんてお行儀悪いですけど……湊《みなと》くん、この体勢で見たいですよね？」

「ああ……」

湊は瀬里奈の太ももに軽く手を置き、そのすべすべした肌を撫でながら白いパンツをじっくりと見せてもらう。

「穂波が白パンツっていうのは、マジで驚いたけど」

「しかも、短パンの隙間から見えるのってドキドキしましたね……」

「瀬里奈までドキドキしてどうするんだよ」

女子も女子のパンツを見たいものらしいが、瀬里奈は妙に興奮しているようだ。

「ですが、あまり私までジロジロ見ると穂波さんに悪いですよね。なにか企《たくら》んでいるようですが……次は私は遠慮しますね」

「そ、そうか」

湊には、瀬里奈と穂波、両方と遊びたい気持ちはあるが――

確かに、二人まとめてより、まずは穂波とじっくり遊ぶのも楽しそうではある。

「ただ、一つ提案があります」

「え？」

瀬里奈は、大胆に片膝を立てながら言う。

スカートがさらに大きくめくれあがり、白いパンツがもう完全に丸見えだった。

瀬里奈は顔を真っ赤にして、ブラウスのボタンも外しつつ——口を開いた。

「穂波さんとの遊び——葵《あおい》さんには内緒にしませんか？」

4 新たな女友達は新しい遊びを教えてくれる

Onna Tomodachi ha Tanomeba Igai to Yarasete kureru

翌日の放課後。

湊《みなと》が男の友人数人とどうでもいい雑談をしていると。

「湊、ちょい来て」

「え？　ああ」

もはや、湊の男友達も葉月《はづき》の接近に慣れたらしく、特に驚きはないらしい。

ただ、全員が顔を赤くして葉月をちらちら見ている。

友人たちのこういう姿を見ると、葉月が並外れた美少女で人気者だということを、湊もあらためて認識する。

湊は、葉月と一緒に教室の隅に移動する。

「今日はさ、あたし先に帰るね。エナと約束があって」

「あ、そうなのか」

小春恵那《こはるえな》は、葉月の中学時代の親友。

かつてこの二人にはわだかまりがあったが、つい先日それが解消されたばかりだ。

小春恵那は別の高校――有名な進学校に通っている。

「ああ、行ってこい、行ってこい。小遣い、足りてるか？」

「あんたはあたしのパパか！」

葉月は苦笑して、どんっと湊の肩を叩いた。

「心配はいらないって。まあ……多少ギスるかもしんないけど、そこはほら、あたしもエナもコミュ強だから」

「自分で言うなよ。でも、そのとおりか」

葉月のコミュニケーション能力の高さは言うまでもなく、小春恵那も以前は陽キャグループのリーダー格だったらしい。

まだ多少の気まずさはあっても、時間をかければ元通りの関係になれるのではないか。

「それにさあ、しばらくはエナと遊ぶこと増えるかも」

「ああ、それは全然いい。小春さんによろしくな」

別に狙ったわけではないが、湊も穂波《ほなみ》と遊ぶつもりなのでちょうどいいかもしれない。

ただ、穂波とのことを葉月に秘密にするのは気が引ける――

昨日の、瀬里奈《せりな》からの、穂波との関係を秘密にするという話には驚いた。

湊は、秘密にするほどのことでもないと思ったからだ。

ただ、瀬里奈《せりな》に言わせると――

『葵《あおい》さん、私と湊《みなと》くんが仲良くなったときに、嫉妬――というほどではないでしょうけど、気にしていたようですから』

『確かに……』

湊が瀬里奈と友人になった直後、葉月《はづき》は「瑠伽《るか》とはすぐに仲良くなりすぎ」とご機嫌斜めだった。

その時点では、葉月はそこまで瀬里奈と親しいというほどでもなかったのだが。

穂波《ほなみ》の場合は、葉月グループの一員で、周りから見れば充分に親しい友人同士だ。

そんな穂波と湊が親しくなった場合、また葉月の機嫌が悪くなる可能性は高い。

葉月に明かすかどうか、少し様子を見たほうがいいというのは湊も同意だった。

ただ、穂波との新しい関係を葉月に秘密にするのも問題はある――

とはいえ、積極的に葉月に明かす必要があるか？　というとそれも微妙だ。

いろいろと複雑な話ではあるので――

やはり、瀬里奈の言うとおり、今のところは秘密にしておくのが無難だろう。

湊はそこまで考えて、目の前の葉月に向き直る。

「そういや、小春《こはる》さんのほうから連絡来たのか？」

「実はそう。エナ、やっぱ元ギャルで進学校だと馴染めてないみたいでさ。友達はいても学校の外で遊ぶほど仲良いグループはいないみたいで」

葉月は、今は小春恵那《えな》と遊んでやりたいらしい。

ただし、小春恵那に気を遣っているだけでなく、久しぶりに関係が復活した友人と遊びたくて仕方ないようだ。

「湊もあたし以外の友達とも遊ばないとね。ああほら、髪とかちゃんとしないと笑われるよ？　あと、あまり遠くに行っちゃダメだからね」

「おまえは俺のママか！」

「あはは。ま、あたしらは家に帰ったらいくらでも遊べるもんね。夜まで――ベッドの中でも♡」

「まあな」

湊は、ささやいてきた葉月に頷いてみせる。

「じゃ、ちょっと行ってくるね」

さすがに人目があるところなので、キスもパンツもなしで葉月は去って行った。

葉月グループの女子たちがまだ教室にいるところを見ると、葉月は小春恵那と二人きりで遊ぶつもりのようだ。

関係改善のためにも、まずは二人でゆっくり遊ぶのがいいだろう。

「…………っ」

不意に、葉月《はづき》グループの一人——褐色肌の穂波麦《ほなみむぎ》がちらりとこちらを見て、湊《みなと》はびくりとしてしまう。

穂波は周りに気づかれないように、小さく手を振ってきた。

どうやら今日も、穂波と遊ぶことになるらしい。


またもや、例の空き教室——

今日は瀬里奈《せりな》も本当に用事があるらしく、一人で先に帰っていった。

寂しいが、さすがに瀬里奈も毎日湊に付き合っていられない。

湊も、たまには他の友達に付き合ったり、一人で済ませたい用事があったりもする。

今日は特に用もなく——穂波麦の誘いを断る理由もなかった。

「そういえば、今日は葵《あおい》とえなっちが一緒に遊んでんだよね」

「なんだ、穂波も知ってたのか」

穂波はまたお行儀悪く机に腰掛け、湊はそのそばの椅子に腰を下ろしている。

穂波が、こちらに脚を向けるようにして座っているので、褐色の太ももが驚くほど近くにある。

「二人とも麦の友達だしぃ。というか、葵がえなっちと遊んでくるって言ってたから」

「穂波は一緒に行かなくてよかったのか？」

「まー、葵が二人で会いたいっていうから。あいつ、クッソ度胸あるよねぇ。気まずくなって疎遠になってたのに、二人きりで会いにいくとか。麦なら絶対、人を巻き込むねぇ。サララとか」

「サララ……ああ、泉《いずみ》さん」

泉サラも葉月グループの一員で、同中。

穂波と同じく金髪の派手なギャルで、当然ながら湊は彼女も苦手だった。

未だにギャル系への苦手意識は消えてくれない。

「ソロで行くとか、さすがは我らのリーダーって感じ？」

穂波はずいぶん感心しているようだ。

まさか、葉月が母が長期出張で数ヶ月家を空けるだけで寂しがるようなタイプだとは思っていないだろう。

湊から見れば、むしろ葉月は度胸に欠けているとすら言える。

もちろん、葉月の秘密を人に明かすつもりはない。

「実は麦も、葵とえなっちのことはずっと気になっててさあ。ただ、この二人ってケンカしたわけじゃないし、仲直りっていってもどうやればいいのかって」

「具体的な原因がなけりゃ、解決しようもないよな」

湊《みなと》が聞いた限りでは、葉月《はづき》と小春恵那《こはるえな》が疎遠になったのは、〝なんとなくの流れ〟だったようだ。

しかも高校に進学して、二人が離ればなれになったものだから、余計に関係修復の機会がなかったらしい。

コミュ強の集団であっても、人間関係の問題となれば簡単に解決できるわけではないのだ。

「ウチのグループってほとんどケンカなかったから、余計にわかんなくて」

「まあ、余計なことをしないのが正解だったんじゃないか?」

人が口出しをしたら、葉月と小春恵那の関係が逆にこじれていた可能性もある。

今は、無事に二人の関係は修復されたのだから結果オーライだ。

「でも、みなっちのおかげで葵《あおい》とえなっち、仲直りできたからねぇ。びっくりだよ」

「俺がなにかしたわけじゃないけどな」

謙遜ではなく、事実だった。

湊は小春恵那に会いに行って、彼女を撮った動画を葉月に見せただけだ。

いわば、使い走りをした程度のことにすぎない。

「いやいや、みなっちが動かなかったら、二人とももう二度と会わなかったかも。まー、アレだよね」

「うん？」

「むしろ、えなっちを知らないみなっちだから仲直りさせられたのかも。たぶん、みなっちは葵のためだけに動いたわけでしょ？」

「まあ……そうだな。俺は、小春さんを知らなかったから」

「麦《むぎ》たちだと、葵とえなっち、両方のこと考えちゃうから。二人のこと考えたら、迂闊《うかつ》な手出しできないよねぇ」

「なるほど、そういうもんかな」

湊は、少なくとも葉月のほうは小春恵那と仲直りしたいだろうと思った。

彼が知る葉月葵は、親友と仲違《なかたが》いしたまま放置していいと考える性格ではない。

ただ、意外に弱気なところもある葉月なら――

自分ではなかなか仲直りのために動くことはできない。

湊は葉月に後悔を抱えたままでいるより、前に進んでほしかった。

一方で、小春恵那のほうは仲直りを望んでいなかった可能性もある。

湊は、行動したときにはその可能性を考えていなかった。

思えば、危ういことをしたものだ――結果オーライだが、反省する必要はありそうだ。

「しかも葵、最近はいい感じなんだよねぇ」

「いい感じって、またざっくりしてるな」

湊《みなと》は苦笑してしまう。

「前はウチらのリーダーで全員のことをよく見てて、優しかったけどさぁ、どっか麦《むぎ》たちに線を引いてるところあったから」

「………………」

それは、葉月《はづき》自身が自覚していたことでもある。

小春恵那《こはるえな》との関係に失敗したことで、他の友人たちとの関係にも深く踏み込めなくなっていたのだ。

「今は麦たちとの間の壁がなくなったみたいな。最近の葵《あおい》、麦は特に好きだなぁ。みなっちのおかげなんだよね、ありがと」

「いや、俺はなにもしてないって」

それも謙遜ではなく、本心だった。

「だから、みなっちのことも好きになったかも♡」

「はっ、はぁ!?」

「なーんてねぇ♡」

ぱちっ、と穂波《ほなみ》はウィンクなどしてきた。

冗談にしても、こんな可愛い女子に「好き」などと言われたらドキリとしてしまう。

女子慣れしていない陰キャ——葉月たちと友人になれた今でも、湊のメンタルはさほど変わっていないのだから。

「と、とにかく、俺は友達が悩んでるから少し手助けしただけだよ」

湊は葉月からもらったものが多すぎて、自分からはたいして与えられていない。

友人関係は平等であるべき――

湊が小春恵那とのことでお節介を焼いたくらいでは、まだまだ足りないだろう。

「ふぅーん、みなっちってばおとなしい男子かと思ってたけど、なんか温厚篤実《おんこうとくじつ》っていうか……いいヤツなんだねぇ」

「温厚篤実って、また珍しいワードを……あれ？」

湊は苦笑しかけてから、首を傾げる。

「なに、みなっち？」

「なんか、穂波って頭いいよな？」

「は？　頭？」

穂波が、机に両手をついて首を傾げている。

「ざっくりしたトコもあったけど……なんかさっきの葉月と小春さんの仲直りのくだりも、説明が理路整然としてたっていうか。話が上手いよな」

「おいおいおいおいおぉーい」

穂波が机に座ったまま脚を振って、上履きを脱ぎ捨てて。

その脚の先で湊《みなと》の太ももを踏んでくる。

「もしかしてみなっち、麦《むぎ》をお馬鹿だと思ってたぁ？」

「そ、そういうわけじゃないが」

多少、そういうところはある。

穂波《ほなみ》麦は金髪に褐色の肌、派手すぎるギャルだ。

偏見が入っていることは間違いないが、あまり頭脳労働が得意とは思えなかった。

「みなっちと同じ高校にいるんだから、そんな違いはないっつーの」

「あ、ああ、そりゃそうか……」

しかもまだ、高一の二学期だ。

高校在学中に遊びや部活に熱中して成績を落とすケースはあるだろうが、現時点でそこまで学力が落ちるはずはない。

それに、湊が穂波に感心させられたのは学力というより、地頭《じあたま》の良さだ。

「まあ、麦はちょっとお馬鹿なことは企んでるけどね」

「お馬鹿なこと？」

「そう」

穂波はぎゅっぎゅっと湊の太ももを踏んでいた脚を大きく上げた。

「わっ、おい……！」

当然ながらスカートの中がはっきりと見えてしまう。

そこには──テカテカとした光沢のあるサテンの白いパンツが。

「あ、あれ？　えーと短パンは……？」

「短パンだとむしろみなっちが喜んじゃうからさぁ。短パンの隙間からパンツ見えると、エロいんでしょ？」

「ま、まあ……」

だからといって、丸見えのパンツがエロくないかといったら、そんなことはない。

「だから、ここに来る前に短パン脱いできちゃった。今は、生パンツだよ」

「な、なにをしてんだ？」

穂波は、脚を上げ下げして白いパンツを見せたり隠したりして──

ちらちらと見えるのが、短パンの隙間から見る以上にエロい。

「おー、見てる見てる。みなっちのえっちー♡」

「そ、そんな風に見せられたら……！」

さっきから、どうも穂波に圧倒されてしまっている。

湊も女性には多少慣れてきたが、葉月《はづき》や瀬里奈《せりな》が特別だったのかもしれない。

「ま、今のは軽いサービス。こっからが本題。今日の遊びだよぉ」

「遊びって……なにをやるんだ？」

「ふふーん」

穂波《ほなみ》は机からするっと下りると、椅子に座ったままの湊《みなと》の前に立った。

「実はさ、みなっちに見てもらいたいものあって」

「わっ」

穂波が自分のスマホを投げてきて、湊はなんとかキャッチに成功する。

「え、これ見ていいのか？」

「見られて困るものはないよぉ」

「特に女子は、スマホは見られたくないもんじゃないのか……？」

どうも、湊の周りの女子は普通なら見られたくないものを見せてくる傾向がある。

穂波のスマホには、写真アプリが表示されていた。

「え、これって……」

サムネを見ただけで、なにが写っているのかだいたい想像できた。

ただ、まさかと思いつつ一枚タップして表示すると――

「おおいっ！　ほ、穂波、これって見られて困るものじゃないか!?」

「実は葵《あおい》にも内緒の、麦《むぎ》の〝趣味〟なんだよねぇ」

「しゅ、趣味って……」

手をかざして顔を隠した、金髪で褐色肌の少女の写真。

白いブラウスの胸元が大きく開いて谷間が――いや、白いブラジャーも見えている。

紺色のミニスカートがめくれて、太ももがほぼ丸見え。

ＪＫ制服っぽい衣装で撮った、かなり際どい自撮り写真が何十枚も――

「自撮りだとなかなか難しくて。ＳＮＳとか見ると上手く撮ってるけど、ああいうのって自撮りに見えて実は人に撮ってもらってるのかなぁ？」

「そ、それは俺は知らんけど……」

確かにネット上で、可愛い女の子の自撮りらしい写真はいくらでも見られる。

ただ、自撮りっぽく見えて、人に撮ってもらっているパターンはあるのかもしれない。

自撮りだとアングルやポーズなどに制限が多く、不自由になるのは当然だ。

「こ、こういうの撮ってどうするんだ？」

「麦《むぎ》、実はゲームとか好きでさぁ。配信もやってみたいんだよねぇ」

「それとエロ自撮りになんの関係が――って、もしかしてゲームの実況配信とエロを組み合わせるつもりか？」

「みなっちって、ゲーマーなんだねぇ。正解だよ」

「……今さらそれやっても、何番煎じだって話にならないか？」

湊《みなと》はゲームの実況や攻略系の動画はよく観《み》ている。

だが、ガチのプロゲーマー兼配信者の動画がほとんどで、いわばプラスアルファされている動画はあまり観ない。

プラスアルファというのは――

胸の谷間が見える服装をしたり、ミニスカートで際どく太ももを見せたり――

あまりエロすぎると、運営に削除《BAN》されてしまうので、どこまで見せるかギリギリの線を競い合っている傾向もある。

高い人気を誇るチャンネルもいくつかあり、湊も存在くらいは知っていた。

「まずは動画の前に静止画で際どいの、撮ってみようかと思って。SNSでバズれば、実況配信への導線にもなるしね」

「いろいろ考えてるんだな……」

「でも、上手くいかないんだよねぇ」

「まあ、今は難しいだろ」

ゲームの実況配信は、いわゆるレッドオーシャンだ。

競争相手が多すぎて、新規参入しても箸にも棒にもかからないことが多い。

穂波《ほなみ》ほどのスタイル抜群な現役女子高生でも、そう簡単にはバズれないだろう。

「そもそも、自撮りの時点で躓《つまず》いてるからねぇ。実はサララに撮ってもらったこともあるけど、あんまりエロくなくて」

「……穂波なら、どう撮ってもエロくはなるんじゃ？　それとバズるかどうかは別問題ってだけで」

「あはは、いいこと言うねぇ、みなっち」

穂波《ほなみ》は、ばしばしと湊《みなと》の肩を叩いてきた。

「ブラとかパンチラとか撮ればエロいんだけど、なんか足りないんだよぉ。ここはやっぱ、男の子の視点で撮ってもらいたくて。でも、麦《むぎ》は前も言ったとおり、男の子にあんま関心なかったからアテがなくてさあ」

そう言って、穂波はじぃーっと湊に意味ありげな視線を向けてくる。

「わかった、俺が撮ろう」

「話早《はや》っ！」

湊は驚く穂波に、彼女のスマホのカメラを向ける。

「どう撮る？　胸かパンツか……いや、動画で少しずつ舐めるように撮るとか」

「みなっち、けっこう陰キャだと思ってたけど、グイグイ来んねぇ……」

「陰キャなのは間違いないけどな。で、このスマホで撮っていいのか？」

「う、うん……よし、麦も覚悟決めよう！」

「覚悟って」

別に俺が無理矢理《むりやり》やらせてるわけじゃない、と湊は苦笑いする。

「俺、あんま動画は撮らないけど、なんか設定とかいじったほうがいいか？」

「とりあえずデフォで。撮ったもの見ながら、あとで調整とかかなぁ？」

「オッケー」

湊は、葉月《はづき》や瀬里奈《せりな》のエロい姿は散々見せてもらっているが、撮影となると勝手が違う。

しかも、穂波は友人になったが、まだ付き合いが浅いと言っていい相手――

どこまで踏み込んでいいか、迷うところだ。

「ど、どうすんの？　麦がスカートめくるのぉ……？」

「いや、俺が自分でめくって見てみたいな。そうだな、初見のテンションでいったほうがいいか。穂波、どんなパンツはいてるんだ？」

「変態みたいな質問だなぁ！」

「自分でもそう思った……すまん、興奮してちょっと変になってるな」

実際、湊はここまで興奮するのは久しぶりだった。

葉月や瀬里奈のおっぱいを吸い、スカートの中をいじり回すときも、もちろん興奮しまくっているが――

穂波の場合は、まだ短パンからの隙間パンチラ、さっきの生パンツと二回見ただけだ。

こんな美少女ギャルのパンツなど、興奮するに決まっている。

「じゃあ、ちょっとめくるぞ」

「お、おぉ……マジでぇ……」

湊《みなと》は立ったままの穂波《ほなみ》のミニスカートの裾を摑み、ゆっくり持ち上げていく。

綺麗な褐色の太ももが、少しずつあらわになって——

「穂波、日サロとかで焼いてんのか？」

「んー、元々黒いし、冬でも外にいると焼けちゃうんだよねぇ。色白のほうが好き？」

「いや、別に。健康的っつーか、綺麗な色でいいよな」

「そ、そうなんだぁ……うわっ」

湊は我慢できなくなって、最後は一気に大きくスカートをめくり上げた。

白いサテンの可愛い白パンツがあらわになる。

「おお……やっぱ、すげーパンツはいてんなあ」

「そ、そんなことないっしょ……ふ、普通だってばぁ……」

湊はまじまじとパンツを観察しつつ、スマホでの撮影も続けている。

シンプルな白でありながら、派手な縁取りがされていて、テカテカと光沢のある布地。

白であっても清楚とは限らず、こんなにもエロい——

ギャルらしい外見を裏切らないパンツは、素晴らしい。

「マジでいいな。白っていうのが意外でいいのかもしれない」

「麦《むぎ》みたいなのなら、パンツは黒とか赤って？　でも、色が黒いからさぁ、逆に白が可愛いんじゃないかって」

「なるほど、確かに」

　穂波には白がよく似合っている。

　太ももの付け根から見上げるように、あらためてパンツをじろじろと眺める。

「いいなあ……まともに話したこともなかった女友達のパンツ、見せてもらえるの最高だなあ……」

「な、なにその感想はぁ……？　も、もういい？　たっぷり撮ったでしょぉ？」

「あ、そうだな」

　スマホの画面を観ると、既に録画時間は五分を過ぎていた。

　夢中になっていると、時間があっという間に経ってしまう。

「あと一時間は飽きずに見られるけど、さすがにパンツばかりじゃ撮《と》れ高《だか》ないよな」

「一時間もパンツだけ⁉　す、すっげーね、みなっち……きゃんっ」

　湊は、思わず穂波の太ももにキスしてしまった。

「ちょ、ちょっとぉ、パンツどころじゃないんだけど⁉」

「わ、悪い。つい、美味しそうだったから……ダメか？」

「い、いいけどぉ……みなっち、友達にこんなことまですんのぉ？」

「俺はする」

「断言だぁ！」

とりあえず、湊《みなと》は穂波《ほなみ》のミニスカから手を離し、立ち上がる。

「あ、いや、悪い。今のはやりすぎだった」

湊は我に返り、ぺこりと頭を下げた。

どうも、葉月《はづき》や瀬里奈《せりな》が好きなことをヤらせてくれるので、つい穂波にも同じ調子で接してしまった。

「キスはよくなかったな……あ、おっぱいならいいか？」

「逆になんでいいと思ったぁ⁉」

どこか小悪魔的な穂波が、さっきから動揺しまくっているようだ。

自撮りエロを配信しようとしている割に、純情なところがあるらしい。

「着々と事を進めようとしてるぅ……い、いいけど、今度は麦《むぎ》が自分で……なんか、脱がされるのめっちゃ恥ずい……」

穂波は、白いブラウスのボタンを外し始めた。

褐色の素肌がすぐに見えてくる。

湊は手持ち無沙汰なので、スマホのカメラを丁寧に動かして穂波の胸があらわになっていく様子を撮影していく。

「こ、これでいいかなぁ……？」

「おお……」

白いブラウスの下も、当然ながら光沢のある白のブラジャーだった。

胸の谷間がくっきりとできている。

「これ、Ｅカップってところか？」

「そ、そうだけどぉ……なんでわかんのぉ……？」

最初にヤらせてもらった頃の葉月のＦカップよりやや小さいからだ。

――とは言えない。

「あ、葵《あおい》よりは小さいけど……これだって充分巨乳なんだからねぇ？」

「ああ、すげーいいな」

ブラジャーからこぼれそうな谷間にスマホを向け、じっくりと撮影する。

できれば、ブラを下に引っ張って乳首をオープンさせたいところだが――さすがにそれはやりすぎだ。

谷間にカメラを向け、下や上からのアングルでじっくりと撮っていく。

「む、麦、なにしてんだろ……めっちゃ恥ずかしい……」

「それじゃ、配信とか無理じゃないか？」

「う、ううーん……確かに麦には無理かもぉ」

穂波は腕組みして、ぎゅっとＥカップのおっぱいを持ち上げるようにしている。

無意識の仕草らしいが、あまりにもエロすぎる。

「ちょ、ちょっとだけ……乳首も見てみる？」

「恥ずかしいんじゃなかったのか⁉」

「だってぇ、みなっちに好き放題されてるんだもん。こっちも逆襲してやろうと思って」

「それって、逆襲になるのか？」

俺が得をするだけでは、と湊《みなと》は思う。

ただ、もちろん断る理由もない。

「こ、こんくらいなら……」

「うおお……」

穂波《ほなみ》が白のブラジャーを少し下にズラすと――

「ちょ、ちょっと乳首おっきくて恥ずいんだよねぇ……」

褐色のおっぱいの頂点は、やや茶色がかっているもののピンクに近い。

本人が言うとおり、乳首というか――乳輪は大きめだが、これも悪くない。

「ああ、乳輪デカいのもいいな……」

「ちっこいの、見たことある……？　もしかして、るかっちの？」

「それは……ノーコメントだ」

さすがに、人様の乳首のサイズを勝手に明かすわけにはいかない。

葉月《はづき》はGカップの巨乳でありながら乳首はちょこんと小さく、瀬里奈《せりな》もDカップでそこそこのサイズだが、乳首は可愛らしい。

二人に比べると、穂波の乳輪は大きめだが、むしゃぶりつきたいほどに魅力的ではある。

「それより、もうちょっと見たいかも」

「う、うう……も、もう少しだけねぇ？」

穂波は人差し指をブラのカップに引っかけ、くいっと下に引っ張る。

二つの少し大きめの乳輪だけでなく、胸全体が丸見えになった。

「あうう……めっちゃ見られてるぅ……こんなトコまで見せる予定なかったのにぃ……みなっち、どうなってんの？」

「いや、俺がなにかしたわけじゃ……」

穂波がちょいエロ配信を企むような女子だと、湊も予想していなかった。

しかも、パンツとブラどころか、今日のうちに乳首まで拝ませてもらえるとは。

「……今日撮った映像、俺ももらっていいか？」

「い、いいよぉ……好きに使ってねぇ♡」

「使うって」

なにを意味しているのか理解できるが、ずいぶんとあからさまな言い方だった。

「でも、るかっちとあんなことしてるなら……動画なんて、いらないんじゃない？」

「これはこれだから。ああ、撮影はここまでで、もう少し自分の目で生で見てみたい。いいか？」

「すっごいこと頼んでくるよねぇ……いいよ。あんっ、近くで見すぎぃ♡」

湊《みなと》が顔を寄せて、穂波《ほなみ》の胸を見始めると、彼女は顔を真っ赤にして甘い声を上げた。

まさか、葉月葵《はづきあおい》、瀬里奈瑠伽《せりなるか》の二人に続いて、〝四人目〟の女友達にもこんなところまで見せてもらえるとは。

湊寿也《としや》の友人関係は、自分でも想像しなかった方向に発展している。

5 清楚な女友達も頼めば意外と

Onna Tomodachi ha Tanomeba Igai to Yarasete kureru

穂波と遊んでから、帰宅中――

自宅のマンションが見えたところで、湊は足を止めた。

スマホが振動し、ポケットから取り出すと。

「ん？」

はづき［今日のあたしは誰にも止められない！］

葉月からのメッセージが届いていた。

写真も送られていて、カラオケボックスらしきところで並んでピースしている葉月と小《こ》春《はる》が写っている。

どうやら、まだお楽しみの真っ最中らしい。

「……よかったな、葉月」

湊《みなと》はぼそりとつぶやく。

小春《こはる》との関係は良好で——おそらく、昔のような親友同士に戻れたのだろう。葉月《はづき》は、湊や瀬里奈《せりな》との関係も気に入っているようだが、小春もまた特別な一人なのではないか。

スマホをポケットに戻し、また歩き出したところで——

「あ、湊くん。おかえりなさい」

「え?」

マンションのエントランスに、黒髪ロングの清楚な美少女——

瀬里奈瑠伽《るか》が立っていた。

「せ、瀬里奈? どうしたんだ、こんなところで」

今日はなにか用事があると言っていたのに。

「実は、葵《あおい》さんに頼まれていまして」

「え、なにをだ?」

「帰りが遅くなるかもしれないから、できたら一度モモちゃんの様子を見てほしいと」

「ああ、なるほど」

今、湊は葉月の家に泊まり込んでいる。

だが、相変わらずモモはめったに姿すら見せてくれない。

湊もモモの食事の世話などはたまにしているが、一緒に遊んだりはできない。

どうも、モモは男嫌いなのではないかという疑いがある。

「瀬里奈の前には、たまに姿見せるんだよな、あいつ」

「それでも孤高の猫さんですから、モモちゃんは」

「マイペースだよなあ、モモは」

実は猫好きの湊としては、寂しいことだった。

モモを撫でたり猫吸いできたりする日は、いつか来るのだろうか？

主人の葉月のことはとっくに、撫でたり吸ったりしているのだが。

「まあ、そういうことならわかったよ。瀬里奈は家も近いしな」

瀬里奈家は、近道すれば驚くほど湊たちのマンションから近い。

ちょっと猫の様子を見る程度なら、そこまで難しくはないので、葉月が瀬里奈にお願いするのも図々しいというほどではない。

「じゃあ、葉月の部屋行くか」

「あ、はい。でもモモちゃんの様子を見たら――」

「ん？」

「あの、湊くんのお部屋に行きませんか……？」

瀬里奈は顔を赤くして、湊のほうをじっと見ている。

なんだ、このちょっと緊張したような——それでいて、どことなく甘ったるい空気は。

湊《みなと》は不思議に感じつつ、こくりと頷いた。


モモは元気だったらしい。

相変わらず、湊がいると姿を見せてくれないが——

瀬里奈《せりな》が一人で近づくと特に抵抗もせず、撫でさせてくれたらしい。

「う、羨ましい……くっそー！」

「そ、そんなに悔しがらなくても。そのうち、モモちゃんも慣れてくれますよ」

「だといいんだけどなあ」

湊がモモに一番近づいたのは、モモが脱走して捕まえたときだ。

あれ以来、直接触ったことすらなく、全身を肉眼で確認したことも稀《まれ》だ。

たまに葉月《はづき》に写真を見せてもらわなかったら、姿を忘れそうになってしまう。

とりあえず、葉月家もモモも問題なかったので、今度は二フロア下にある湊家にやってきた。

もちろん、湊は葉月と同居中とはいえ、毎日我が家にも帰っている。

家の様子を見たり掃除をしたり、着替えなど物を取りに行ったりもしているが、なにしろ葉月家からすぐなので行き来が簡単なのが助かる。

「まあ、葉月の帰りは遅そうだし、葉月家でもよかったと思うが」

「そうですね……いえ、葵《あおい》さんがいてもいいんですが、一応です」

湊は、瀬里奈を自室に通して、ローテーブルを挟んで座っている。

黒髪ロングの清楚な美少女が自分の部屋にいる——この状況には、未だにドキドキする。

葉月がいることはもう当たり前になったが、瀬里奈にはまだ慣れきっていないようだった。

「あ、お食事でもつくりましょうか？」

「あー……まだ腹減ってないし、そもそも食材がゼロだろうな」

「そ、それでどうやって暮らしてるんでしょう……？」

瀬里奈は不思議がっているが、湊にとってはいつものことだった。

「ウチの冷蔵庫はファミリータイプのデカイやつだけど、常に中身ガラガラだからな。俺のジュースと親父のビール、菓子パンとか納豆とか卵とかくらいだな」

「葵さんのお家の冷蔵庫も似たような感じでしたね……」

「料理をしない家はそんなもんじゃないか？　俺も、結局メシを炊いて味噌汁をつくるくらいだもんなあ。チャーハンとカレーをつくる予定なんだが、未だに成功に至ってない」

「せ、成功って。特にチャーハンなんて、十五分もあればできあがりますよ？」

「そこまでスキルを高めるのに十五時間以上かかるだろうな。はぁ、同じ十五分なら、瀬《せ》里奈《りな》のパンツを見てるほうがいいな」

「じゅ、十五分も見るだけですか？」

「見せてもらえるなら、いくらでも見られるだろう」

お願いして見せてもらう立場、それも女子のパンツという貴重なシロモノだ。

十五分と言わず、長く見せてもらえるなら長いに越したことはないと思っている。

「ああ、それより。なにか用があってきたんだよな、瀬里奈？」

「は、はい。あまり具体的な用ではないんですが……」

「遊びにきただけとか？　今日、なんか用事を済ませてきたんだろ？　疲れてんじゃないのか？」

「……ごめんなさい」

「えっ？」

瀬里奈がローテーブルに両手をついて、ぺこりと頭を下げた。

「な、なにを謝ってるんだ？」

「実は用事があるっていうのは嘘なんです……」

「ああ……なんだ、そんなことか」

湊《みなと》は拍子抜けしてしまう。

はっきり言って「用事がある」なんて、どうにでも取れる言い方だ。

たとえ用事がなくても、別に気にすることでもない。

「あのな、瀬里奈。たまにわけもなく人の誘いを断ることもあるだろうし、適当なごまかしをすることもあるだろ。なんとなくダルいから家に帰りたい、とかな。俺だってある。友達同士なら、わざわざ謝るほどのことでもない」

「そ、そうなんですか？」

やはり瀬里奈は、わかっていなかったらしい。

湊は、彼女が生真面目すぎるとわかっていたので、あえて当たり前のことをしっかりと説明したのだ。

「いやまあ、『用事ってなに⁉』『誘いを断るための嘘だったの⁉』とか訊いたり怒ったりする人もいるだろうが」

「どっちなんですか……？」

「少なくとも俺は気にしないってことだ。まあ、瀬里奈も俺が嘘ついて誘いを断っても、怒らないでいてくれると嬉しいけどな」

湊には、自分が瀬里奈からの誘いを断るとは思えないが。

「私、めったに怒りませんから。怒ると怖いとは言われますけど」

「怖《こわ》っ！」

確かに、瀬里奈《せりな》のような穏やかなタイプが一番怖い――とはよく言われる。

「そもそも、瀬里奈は腕《うで》っ節《ぷし》でも俺より上だもんな」

「う、腕っ節とか言わないでください。子供の頃から、護身術を学ばされていただけで、腕力は普通の女子ですよ」

「ふむ……瀬里奈、腕相撲してみるか」

「はい、いいですよ」

湊《みなと》は瀬里奈とローテーブルの上でがしっと手を掴み合う。

彼女の柔らかくしなやかな手の感触に驚きつつ――

「じゃあ、行くぞ。レディー……ゴー！」

湊が軽く力を入れると――

ぐんっ、と一気に瀬里奈に押し返され、力を入れ直す暇もなく、手をテーブルに叩きつけられてしまう。

「いてっ！」

「あっ！　ご、ごめんなさい！」

瀬里奈は一度手を離してから、あらためて叩きつけた湊の手を両手で包み込むようにして摑んだ。

さわさわと優しく手を撫でてくれる。

「あ、いや。すまん、びっくりして大げさに痛がっただけだ」

「いえ、だいぶ勢いよくいってしまいました……すみません」

「それで、〝普通の女子〟の腕力について話し合うか」

「意地が悪いです、湊くん……」

瀬里奈は湊の手を両手で握ったまま、上目遣いで睨んでくる。

反則的なほどの可愛さだった。

「俺も別に腕力ないわけじゃないんだが……」

「いえ、私も単純に筋力があるわけではないです。ただ、力の入れ方を知っているというか……」

「格闘マンガのキャラみたいだな」

普通の人間は三〇パーセントの力しか使えないが、修行によって一〇〇パーセント引き出すことができる、みたいな。

「まあ、アレだよな。葉月《はづき》は俺よりはるかに学校内のランクが上。瀬里奈も同じだし、おまけに瀬里奈はフィジカルでも俺に勝ってるんだもんなあ」

「ど、同級生なんですからランクとかありませんよ」

瀬里奈は本気で戸惑っているようだ。

たぶん、彼女はスクールカースト的なものは気にしたことすらないのだろう。

湊《みなと》が思うに、スクールカーストやヒエラルキーは低い者ほど気にしていて、上にいる者は意識すらしていない。

少なくとも、葉月《はづき》と瀬里奈《せりな》、それに穂波《ほなみ》も他人を見下すところは一ミリもない。

「えーと、なんのお話でしたっけ？」

「いや、本当になんの話をしてるんだろうな」

湊は苦笑してしまう。

葉月や瀬里奈、穂波にもお願いしていろいろヤらせてもらっているが――

社会的にも物理的にも、湊より彼女たちのほうが上だ。

その格差も〝友人同士〟という関係性の前ではゼロになっているということだ。

本当に、自分でもなにを考えているのか笑ってしまうが。

「つーか、瀬里奈のほうが俺に話があるんだよな？　一人で帰ったことを謝りにきただけじゃないだろ？」

「あ、はい……実は、その……」

瀬里奈はスカートの上で手を組んで、もじもじしている。

それから意を決したように湊を見て――

「実は私、穂波さんのことが少しだけ……苦手なんです」

「は？」

なかなか意外性の高い発言だった。

瀬里奈のことだから、穂波を悪く言っているわけではない、と湊は瞬時に判断する。

ただ、悪意はないにしても、苦手とする理由は想像できない。

「苦手って……なんでなのか訊いていいか？」

「穂波さんって中学の頃は凄く成績優秀だったんです。学年でも、穂波さんが一番で私が二番で……」

「ええぇっ⁉」

湊は跳び上がりそうなほど驚いた。

頭の中に、いぇーいとダブルピースしている穂波の姿が浮かぶ。

派手すぎる金色の髪に褐色の肌、着崩した制服。

偏見なのは充分承知しているが、穂波麦《むぎ》がそこまで優等生というのが信じられない。

「ば、馬鹿な……」

「馬鹿な⁉　い、いえ、本当です。葵《あおい》さんもご存じのはずです」

「あ、いや、疑ったわけじゃない。そういや穂波って、口も達者だし、なんか頭よさそうと思ったな」

地頭がいいのでは、と気づいたばかりだ。

湊はさほど他の人間の成績は気にしないが、普通に授業を受けていれば瀬里奈のように特別優秀な生徒はわかる。

穂波《ほなみ》は——どうだっただろうか？

湊《みなと》はあまり、授業中の穂波の印象がない。

「言われてみりゃ、穂波が馬鹿——勉強できないと思ったこともないな。葉月《はづき》なんかは指名されたら、『わかりませーん』とか軽く言ってるけど」

「素直にわからないと言うことも重要ですね」

「…………」

瀬里奈《せりな》は、できない子にも褒めるところを見つけ出す。

ある意味では、とても良い先生になるかもしれない。

「ただ、中学の頃は、私も若かったんです」

「わ、若かった？」

「ですから、その……テストのたびに穂波さんに負けていることが気になって」

「つまり、悔しかったたって？」

湊が質問すると、瀬里奈はこくりと頷いた。

あまり勝負事にこだわるタイプとも思わなかったので、これも意外だった。

もっとも、瀬里奈瑠伽《るか》は意外性のかたまりのような少女だ。

いきなりブルマを見せたり、パンツを見せたり、湊と最短距離で仲良くなって、最後の一線を越える以外はすべてヤらせてくれたり――

「ですが、中二になってから――穂波さんは小春恵那《こはるえな》さんのグループに加わって、遊び回るようになったようでして」

「ああ……」

そういえば、葉月が小春恵那のグループに入ったのも中二だったと湊は思い出す。

「それで、穂波さんはドンドン派手になって、髪も黒から茶、金に変わって……胸も大きくなって凄くえっちになって、スカートの下の太ももも――」

「いやいや、成績の話じゃなかったのか!?」

いつから穂波があんなにエロくなったのか――

湊もとても興味があったが、あまり話が逸《そ》れても困る。

「す、すみません。えっと、穂波さんはその……遊びすぎて成績が落ちてしまって、いつの間にか私が一番を獲《と》れるようになってしまったんです」

「……まあ、そういうことはあるだろ。穂波が遊び回らなくても、結局は瀬里奈が勝ってたかもしれないし」

中学生の成績など、かなり上下するものではないか。

少なくとも、湊自身の成績も不動ではなかったし、周りの友人たちもテストごとに点数がまるで違う者も珍しくなかった。

「別に瀬里奈《せりな》をフォローしてるわけじゃなくて、本当にそうじゃないか？」

「そうですね……そうなのかもしれません。ですが、わたしは地味で冴《さ》えない女子なので、成績がいいくらいしか取り柄がなくて」

「………………」

あまりにもツッコミ待ちすぎる台詞だったが、湊《みなと》はかろうじて自重する。

「それで、穂波《ほなみ》さんをかなり意識していて。なのに、穂波さんは葵《あおい》さんや小春《こはる》さんと楽しそうに遊んでいるばかりで――」

「もしかして瀬里奈、室宮《むろみや》高校に来たのって、穂波が受験したからか……？」

「………………」

瀬里奈は、ぱっと顔を上げて湊の目をまっすぐ見てきた。

「室宮も成績と合わないというほどでもなかったのですが……中学の先生はもう少し上を狙えるとはおっしゃってました」

「なるほどな……」

前に気になった、瀬里奈が湊や葉月《はづき》と同じ高校にいる理由。

真相は、かなり意外なところにあったようだ。

まさか、瀬里奈とまるで逆と言っていいキャラの穂波麦《むぎ》が関わっていたとは――

「それで、穂波と今でも話しづらいのか？　だから、今日は適当な理由をつけて、一人で帰ったのか」

「いえ、違いますよ？」

「違うのかよ！」

瀬里奈はきょとんとして、首を傾げている。

湊が、そういう話の流れだと思ってもおかしくないだろうに。

「穂波さんも、湊くんと二人で遊びたいかと思ってお譲りしたといいますか。私、穂波さんには、とても感謝してるんです」

「か、感謝？」

「はい」

瀬里奈は頷いて――

意を決したように、座ったまま湊のそばまで近づいてくる。

長い黒髪から、甘酸っぱい香りが漂ってきて――

「せ、瀬里奈？」

「私、中学の頃は勉強ばかりで。いえ、高校に上がってからも、ずっと同じでした。お友達と遊ぶくらいは当然ありましたけど、自分でもお行儀が良すぎだと思ってました」

「う、うーん……」

湊の印象でも、まったくそのとおりだ。

瀬里奈《せりな》はクラスではおとなしい女子グループにいて、いつも上品に微笑んでいる——そんなイメージだ。

「勉強ばかりして一位になった自分より、葵《あおい》さんたちと遊んでいる穂波《ほなみ》さんのほうがイキイキしていて、羨ましかったんだと思います」

「羨ましい……穂波はそんな特別なことをしてると思ってなかったんじゃないか？」

「ああ……それはそうかもしれません。そうですね」

瀬里奈は、こくこくと頷く。

「だから、私も穂波さんみたいに友達と楽しく遊んでみたくて——湊《みなと》くんと葵《あおい》さん、二人と遊べるようになって本当に感謝してるんです」

「……もし、穂波みたいに成績が落ちたら？」

「落としません」

瀬里奈は、今度はにっこり笑いつつ断言する。

これは本気だ——湊は、若干圧倒されるものを感じてしまう。

いや、既に瀬里奈瑠伽《るか》は湊や葉月《はづき》と遊び回っていて、今の自分の状況もよくわかっているはずだ。

特に湊とのエロい遊びに夢中になっていて、それでも学力は落ちていない。

瀬里奈は遊びつつ、学業もおろそかにしない自信があるのだろう。

「つまり、瀬里奈は穂波を反面教師にして、上手く立ち回ってるわけだなあ」

「そ、その言い方だと、私が穂波さんを踏み台にしたみたいな……ち、違いますよ。そんなつもりはありませんから」

瀬里奈はブンブンと激しく首を振る。

もちろん湊は冗談を言っただけだが、彼女は真面目に受け取ったらしい。

「はは、わかってるって。でも、瀬里奈は俺や葉月と違って遊ぶだけじゃなくて、ちゃんと勉強もしてるんだろうな」

「湊くんもしてるでしょう。知ってますよ、湊くんの家にもお泊まりしてるんですから」

「え？」

湊は、きょとんとしてしまう。

「この前、湊くんの家に泊まったとき、私がその……く、口で三回くらいしてから、疲れて寝ちゃったじゃないですか」

「あー、あれは最高だった……瀬里奈に膝枕してもらって、胸を吸わせてもらいながら手でも……口の三回プラスその一回があっただろ」

「あ、あれは恥ずかしいからカウントしてないんです！」

瀬里奈は、どれだけエロいことをしても、恥じらいを忘れない。

未だに湊は、瀬里奈に清楚なイメージを持ち続けている。

「それはよくて……湊《みなと》くんのベッドを使わせてもらって寝ていたときに、ちょっと目が覚めたんです。そうしたら、湊くん──机に向かって勉強してましたよね」

「……見られてたとは思わなかったな」

「ちゃんと部屋を明るくしないと、目が悪くなりますよ」

「気をつけるよ」

湊は瀬里奈《せりな》が寝ているそばで、彼女を起こさないように机のライトだけの薄明かりの下で問題集を解いていたのだ。

「勝手な推測を言ってもいいですか？　たぶん、葵《あおい》さんのためですよね？」

「……俺もそこまで友達思いじゃねぇよ。まず第一は、自分の成績のためだ」

それは当然のことで、嘘ではない。

特に取り柄のない身なのだから、多少は得意な勉強を頑張るのは当然のことだろう。

「まあ俺の葉月《はづき》との関わりは、あいつの追試のために勉強を教えたのがきっかけだったかならな」

正確にはそれより数ヶ月前に、モモの捜索というイベントがあったわけだが、湊にとっては勉強を教え始めたことのほうが思い出深い。

「成績を落とすわけにはいかないっつーか……あいつ、勉強だけは苦手だからな。教えられるように備えておかないと」

「やっぱり、湊くんは友達思いですよ。そういう人だから、私も――」

「…………」

瀬里奈は顔を赤くして、もじもじしている。

まだそばに座ったままなので、その照れている顔が驚くほど近くにある。

「瀬里奈……」

「……………ん」

湊は、さりげなく顔を近づけ、唇を重ねる。

ちゅ、ちゅっとキスして、それからむさぼるように彼女の柔らかい唇を味わう。

「ふぁ……♡　だから、湊くんならキスされるのも嫌じゃなくて……私も、もっと……っ
て」

今度は瀬里奈のほうから顔を近づけてきて、キスされる。

さらに、瀬里奈は舌を伸ばして湊の口内に差し込んできた。

「んんっ……はむっ、んっ……♡」

「………っ」

湊はその舌を夢中になって吸い、お互いに舌を絡め合う。

可愛いだけでなく清楚な瀬里奈とこんな濃厚なキスができるとは――

「葉月との始まりは勉強だったが、瀬里奈との始まりはブルマだったな」

「なんだか、私だけ変な子みたいです……」

実際、変な子ではある――が、もちろん湊《みなと》はそんなことは指摘しない。

「始まりなんてなんでもいいだろ。あとは、友達としてお互いに思いやれるか――瀬里奈《せりな》だって、友達を大事にしてくれてるだろ。俺が頼めば、なんでもヤらせてくれるし」

「そ、それは……私だけ断って仲間外れにされたくありません。湊くんと葵《あおい》さんが楽しそうに遊んでるのに、私だけなんて……」

ぎゅっ、と瀬里奈が抱きついてくる。

すらりとして見えて、実はDカップだという胸が押しつけられている。

「そうですね、私はもう友達との勝ち負けなんてどうでもいいです……穂波《ほなみ》さんとも仲良くできると思います。今日はまだ覚悟ができませんでしたが……湊くんに昔のことをお話しできたので、きっともう大丈夫です」

瀬里奈は湊に抱きついたまま、きっぱりと言い切った。

いつもの控えめな口調だったが、確かな意思を感じさせる言い方でもあった。

「俺も穂波と友達になったし、瀬里奈も仲良くしてくれるならありがたいな」

「はい、穂波さんのこと、もう苦手ではありません。穂波さんはライバルじゃなくて、普通にお友達です。湊くんと葵さんのお友達で、私ともお友達に……なってくれますよね？」

「穂波はとっくに瀬里奈を友達だと思ってるだろ」

あの金髪褐色ギャルは、葉月《はづき》以上にあっけらかんとしている。

瀬里奈にライバル視されていたことすら、気づいていなかっただろう。

「ふふ、私一人だけ、空回りしてたみたいです……んっ」

瀬里奈は苦笑してから、ちゅっと湊にキスして。

それから少しだけ離れて、膝丈のスカートをめくり上げた。

「湊くんにならら……お友達の湊くんになら、どこまでも見せられます。今日は、本当にどこまでも……」

「…………っ」

瀬里奈はスカートを大きくめくり、白い下着をあらわにする。

ピンクのリボンがついた可愛らしい白のパンツは、清楚な瀬里奈によく似合う。

どこまでもということは、そのパンツの下まで――

「い、いいのか、瀬里奈？」

「は、はい……私だって、湊くんのは全部……み、見てますし……」

湊は、ごくりと唾を呑み込む。

フェアランでは、瀬里奈と一緒に風呂まで入っていて、一糸まとわぬ姿を既にきっちりと目に焼きつけている。

だが、実はちゃんと見ていない部分もあったりする――

「もう空回りはしたくありません。葵《あおい》さんとしていること、私も……できますよ？」

「な、なんだ？」

「それに……」

「ほ、本当に？」

湊《みなと》は既に瀬里奈《せりな》に――期待していたが、自分からは言えなかった。

ここまで、葉月《はづき》には頼み込んでヤらせてもらって。

瀬里奈には頼めなかったことがある。

おそらく、自分は瀬里奈には少し遠慮があったのだと湊は自覚している。

「頼んでもいいのか、瀬里奈……？」

「は、はい……お願いされたら断れません……」

「じゃあ、頼むぞ、瀬里奈……まず、もっとパンツ見せてくれ」

「ど、どうぞ……きゃっ」

湊は瀬里奈を部屋の床に押し倒して――

膝丈のスカートをあらためてめくり、白のパンツをあらわにする。

「あん……そ、そんなにじっと見られたら……んんっ♡」

瀬里奈は恥ずかしそうに顔を背けつつも、スカートを戻そうとしない。

「いいんだよな……？」

「私も……お、お願いされたら……きっと断れません。大好きなお友達と、遊びたい気持ちは葵さんと同じですから……」

瀬里奈は顔を背けたまま、襟元のネクタイを緩めて、ブラウスのボタンを外していく。

今度は白いブラジャーがあらわになり、意外に大きな胸の谷間も見えてしまう。

「踏ん切りをつけたいので……もう一度、頼んでみてください」

「瀬里奈、それじゃあ……あっ、でも待ってくれ。今は、アレがなくて……」

しまった、と湊は気づいた。

今は葉月の家で寝泊まりしているので、いつも買っている十二個入りのアレは葉月の部屋に置きっぱなしにしていた。

「あ、葵さんの部屋ですか？」

「残りは充分あるんだけどな。最近はあまり使ってないから」

「……一回だけなら、無くてもいいですよ」

「マジか……！」

湊が驚くと、瀬里奈は顔をさらに真っ赤にしてうつむき、こくんと可愛く頷いた。

「二、二回目は取りに行ってもらって、ちゃんと着けて……ああん、こんなお願いするなんて、はしたないです……」

「…………」

つまり、一回目はそのままでよく、しかもそれだけで終わりではない――

「二回三回もヤらせてくれるってことか……？」

「は、はっきり訊かないでください。ですけど、湊《みなと》くんが一回で満足しないことは……わたしのお口がよく知ってますから」

瀬里奈《せりな》は自分の唇に指を当て、すうっとなぞるようにする。

ぷるんとした、湊もよく感触を知っている唇がひどく魅惑的だった。

確かに、瀬里奈の口を使わせてもらうときは、一回で済んだためしがない。

「瀬里奈……」

湊は瀬里奈を押し倒したまま、彼女の顔をじっと見て。

瀬里奈も恥ずかしくて背けていた顔を正面に戻して――二人は見つめ合う。

ならば、あらためてここで言わなければならない。

湊は決意して、口を開く。

「瀬里奈、頼む――ヤらせてくれ！」

「ス、ストレートですね……いいですよ……遊びましょう、二人で……」

「ああ……」

湊はぐいっと瀬里奈の白いブラジャーを上にズラし、ぷるんっと適度にふくらんだ胸とその先端があらわになる。

薄ピンク色の可愛い乳首が見え、それは既にピンと尖っているかのようだ。

まだ触ってもいないのに、瀬里奈は興奮してしまっているらしい。

「は、恥ずかしいです……そんなに、見られたら……」

「もっと他の部分も見せてもらうけどな……」

「は、はい……どうぞ、どこでも好きなだけ……」

瀬里奈は恥ずかしそうにしつつも、こくりと頷いてくれた。

もちろん、スカートがめくれたままで、白い太ももも丸見えだ。

清楚な顔は真っ赤になり、長い黒髪が部屋の床に広がっている。

これほどまでに綺麗な少女が、自分の下で肌を晒《さら》して。

今まさにすべてを委ねてくれている状況が信じられない。

だが、これは現実だ。

現実であることを確かめるために、湊は瀬里奈の胸を掴み、太ももに手を這《は》わせて。

ピンと尖った乳首に向かって舌を伸ばし、くすぐるようにして舐め回して。

「んんっ……湊くんっ……♡」

湊は、頼んで受け入れてもらえたことを確かめるために、瀬里奈の華奢な身体を抱きしめて――

その甘い香りと、なめらかな肌にのめりこんでいく。

「なるほど、とうとう瑠伽《るか》ともこういうことになったわけね」

「……ハイ」

湊《みなと》は、上半身裸で自室の床に正座している。

その前には、床に足をぺたりと広げて座っている葉月《はづき》。

カンがいい葉月は、小春恵那《こはるえな》と遊び終わって、普通なら家に直行するところを湊の部屋へとやってきて。

ベッドの中にいた湊と瀬里奈《せりな》を見つけた、というわけだ。

「それで、瑠伽――あんたも頼まれて、あっさりヤらせてあげたと」

「あ、あっさりではないです。湊くんにはここまでずっと我慢してもらっていたみたいですし……」

その瀬里奈は、湊のベッドにいる。

掛け布団で身体を隠しているが、肩は剝き出《むだ》しだ。

布団の下は、靴下しかはいていないことを湊は知っている。

「まー、瑠伽みたいな可愛い子とあれだけやりたいだけやって、最後までしてなかったのがむしろ不思議なくらいだったけどね」

「そうそう、俺もよく我慢してたもんだと思ってる」

「あんたは自慢するな！　まったく、瑠伽《るか》が優しいからってこの子にも最後まで……贅沢《ぜいたく》すぎよ、あんたは」

じぃぃっ、と葉月《はづき》は強く湊《みなと》を睨んでくる。

葉月の言うとおり、湊ほど贅沢な男もそうはいないだろう。

ギャル系美少女の葉月、清楚系美少女の瀬里奈《せりな》、タイプは違っても最高の美貌とスタイルの二人の女友達。

この二人にヤらせてもらい、しかも二人とも初めてだったという——

葉月と瀬里奈、美少女二人の初めてを一人で独占するなど、これが贅沢でなくてなんなのかという話だ。

「で、瑠伽……ど、どうだったの？」

「ど、どうって……」

かぁーっと耳まで真っ赤になる瀬里奈。

「す、凄かったとしか……言えません……」

「それじゃ、あたしと同じ感想じゃん」

「……え、えーと……しょ、正直、なにをされてるのかよくわかんなくて、ぼーっとしてたら一回目は終わってました……」

「えっ、わかんない？　い、痛いとかは……？」

葉月がベッドに手をついて、瀬里奈の前に身を乗り出している。

今度は湊に尻を向ける格好になり、黒いスパッツに包まれたぷりんとした尻が丸見えだ。

葉月はまだ家に帰っていないので、珍しく湊の部屋でもスパッツをはいているのだ。

「あ……い、痛いのはもちろんそうだったんですけど……み、湊くんが時間をかけて……ほ、ほぐしてくれたと言いますか……もうヌルヌルで、意外とするっとっていうか」

「ふわっとした言い方だけど、わかることはわかるね……」

葉月が一瞬だけくるっと後ろを向いて、湊を睨んできた。

「痛かったですけど、湊くんがお上手で……な、なんかふわーっと身体が浮いてるみたいに気持ちよくて。激しかったので、すっごい衝撃が何度も身体の奥まで響いてたんですけど、それが良いというか……」

「………」

湊は、瀬里奈の説明に恥ずかしくなってしまう。

いくら天然の黒髪清楚さんとはいえ、ここまで赤裸々に語るとは。

「す、すっごくて……な、何回も私も求めてしまって……」

「……なるほど、なるほど」

葉月はこくこくと頷いている。

明に思い出してしまう。


湊《みなと》は、ますます恥ずかしくなってきた。

身体を反らせ、隣の部屋まで聞こえそうな声を上げて達しまくっている瀬里奈《せりな》の姿も鮮明に思い出してしまう。

「さて、湊寿也《としや》くん」

「……フルネームで呼ばれたの、何億年ぶりかな」

「ううん、あたしは別に怒ってないよ」

葉月《はづき》はベッドから離れて、ぺたりと床に女の子座りをする。

「だって、湊と瑠伽《るか》だって友達なんだから。二人だけで遊んでたって、怒るようなことじゃねーし。あたしだって、今日は友達と遊んできたし」

今は、午後七時前。

意外に早いお帰りだった。

「カラオケやってから、スポッティにも行ってね」

「げ、元気だな。葉月も小春《こはる》さんも」

「たっぷり身体動かしてきたよ。今日はバスケの３ｏｎ３でさ。エナのヤツも運動神経よくて、どっかのバスケ部だっていう同い年の子たちと対戦して勝っちゃった」

「それはおめでとうというか……」

「うん、身体動かせてスッキリしたよ。湊たちも、たっぷり身体動かしてたみたいだね」

「ま、まあ、それなりにアクロバティックに……」

「特に湊はスッキリしたよね。つーかさぁ……」

　葉月は、湊の頬をぎゅーっとつねってきた。

「痛たたたっ、痛ぇって、葉月！」

「瑠伽、そんなに良かったんだ？」

「は、はい……は、初めてだったのに……あんなに気持ちいいなんて……」

「ふぅーん、ふぅーん……」

　ぎゅっ、と葉月はさらに手をひねってつねってくる。

「なんかさぁ……あたしでじっくり練習して上手くなってから、瑠伽をたっぷり可愛がってやった感が凄いんだけど。そこが気に入らない」

「そ、そんなつもりは全然なかったって……！」

　湊の技術が向上したのは自然の流れというものだ。

　毎日のように何回も葉月にヤらせてもらっているのだから、上手くならないほうがおかしい。

「……でも、本当にお上手で……私、湊くんに顔を見られるのが恥ずかしくて、後ろからでしたけど……動かし方も強さも絶妙で……」

「い、いきなり後ろからだったの!?」

「は、はい。途中でやっぱり向き合ったりもしましたけど、ほとんどは後ろから……二回目は少し慣れたので、向き合ってぴったり抱き合う感じで……あれ、いいですね。ちゅーしながら、その、激しく……」

「瑠伽《るか》、なんでもかんでも素直にしゃべるよね……」

葉月《はづき》はさすがに呆れ、湊《みなと》は正座したままでますます居心地が悪くなる。

「す、すみません、お友達には隠し事はしてはいけないかと」

「……それで全部？」

「だいたい……あ、一回目はそのまま最後まで……二回目は最後には私のほうからお口で受け止めて……」

「い、いきなり二回も……って、結局アレ使ってないの？」

「葉月の部屋にあるが、取りに行く時間も惜しくて」

湊も素直に白状してしまう。

「今度は、別で瀬里奈《せりな》用も買っとくよ……」

「こいつ、今後もまだヤる気満々じゃねーか」

葉月は、ぎろりと湊を睨みつける。

湊は前にもこんなやり取りをした気がするな、と既視感を覚える。

まるで浮気男が問い詰められているかのようだ。

「ま、これであたしと瑠伽、湊で……三人で最後まで遊べるね」

「葉月はいいのか、それで」

「ダメな理由、あんの？」

「……ないな」

湊としては、葉月だけでなく瀬里奈にも頼めばヤらせてもらえるようになった。

こんな最高の状況を受け入れない理由があるはずもない。

「でも、とりあえず瑠伽はシャワーでも浴びてきたら？」

「その間に、なんとかしないといけないでしょ。これとか」

「あ、はい」

「きゃっ……！」

葉月はベッドの掛け布団を剝《は》がして、制服が脱ぎかけの瀬里奈の姿をあらわにする。

そこは──なかなか大変なことになっている。

「シ、シーツがこんなに……痛かったですけど、あんなに真っ赤になるほど……なんて」

瀬里奈は、恥ずかしそうにもじもじしている。

「ご、ごめんなさい、湊くん！　お、お洗濯します！」

「瑠伽が謝ることじゃないでしょ。どちらかと言えば、湊がヤったからだし」

「あ、ああ。気にしなくていいからな、瀬里奈」

湊《みなと》は、シーツの交換が必要だと今さらながら気づいた。

葉月《はづき》とは彼女の部屋で初めて——だったが、今度は自室で瀬里奈《せりな》の初めてをもらってしまった。

このシーツは記念品として洗濯せずに置いておくべきか。

そんなキモいことを考えつつ、湊は二人の女友達との〝遊び〟がまた新しい段階に進んだことを実感していた。

6 女友達は文化祭に燃えている

Onna Tomodachi ha Tanomeba Igai to Yarasete kureru

「いよいよ来たあ！　湊、瑠伽《るか》、覚悟はいい⁉」

「覚悟？」

「なんのお話でしたっけ」

「忘れてんじゃねー！　文化祭の準備だよ、文化祭！」

「あ、そうだった」

「そうでした……」

キスを楽しんでいた湊と瀬里奈が、一度離れる。

本日は、葉月の部屋に集合。

最近は、湊が葉月家に泊まり込んでいるので、湊家よりもこちらに集まることが多い。

湊と瀬里奈は、いつものようにまずキスから始めてしまったが、確かに今日は遊ぶためでなく、別の用事で集まったのだ。

「ま、それでも服は脱がなきゃいけないけどね」

「そうですね、ちょうどいいかもしれません」

「ん？　服って？　脱ぐ以外になんかあるのか？」

「普通はあるんだよ。普通は友達と遊ぶときは着たままなんだよ」

じろっ、と葉月《はづき》が湊《みなと》を睨んでくる。

さすがにこの三人は、自分たちが普通とはちょっと違う友人関係を築いていることは理解している。

「そういや、二人ともなんか持ってるな？」

葉月と瀬里奈《せりな》は、今日はカバンとは別に大きな紙袋を持っている。

「なんかじゃないよ。文化祭用の衣装に決まってんじゃん」

「あー……」

湊は、文化祭の話をすると聞いてはいたが、具体的になにをするか知らなかった。

三人で集まるとなると、どうしてもヤらせてもらうことを考えてしまう。

「でも、ちょっと恥ずかしいです……クラスの出し物、もうちょっと他にあると思うんですが」

「なに言ってんの、瑠伽《るか》」

葉月が立ち上がり、ぐっと拳を握り締める。

「メイド喫茶、最高じゃん！」

「はぁ……メイド喫茶、決まってしまったんですよね」

瀬里奈《せりな》は、不満があるらしい。

室宮《むろみや》高校では、十一月下旬に文化祭が開催される。

湊《みなと》たちのクラスは、その文化祭で模擬店を出す予定だ。

陽キャの葉月《はづき》グループがいるクラスが、適当な展示などで済ませるはずもない。

大がかりな模擬店になるのは、クラス全員がわかっていた。

模擬店は、メイド喫茶。

文字どおり、メイドに扮《ふん》した女子生徒たちが接客をする喫茶店だ。

「まあ、メイド喫茶は……今時、ベタといえばベタだよなあ」

「湊まで文句言わない。学校の文化祭じゃ、尖ったことやりたくても許可出ないし」

「そりゃそうか」

今時、学校もコンプラだので世間の反応を気にして神経を尖らせている。

結局、ベタでありがちなことしかできない。

「実を言うと、コスプレ喫茶も考えたんだけどさ」

「メイド喫茶と大差なくないですか？」

「甘いね、瑠伽《るか》。コスプレなら、メイドだけじゃなくてバニーとかナースとかミニスカポリスとか、もっとエロいのができるんだよ？」

「コスプレ喫茶だったら、私は転校してますね……」

「そこまで嫌なの⁉」

葉月がぎょっとしている。

瀬里奈は確か複雑な事情があって、わざわざ室宮高校を受験したはずだが。

その高校を捨ててもいいほど、コスプレ喫茶をやりたくないらしい。

「まあ、〝コスプレ〟だと枠が広すぎてまとまらなそうだから、メイド喫茶にしたんだけどね」

「メイドもコスプレですよ。わざわざメイドにならなくても……」

「みんな意外とコスプレやりたいみたいよ。今時はコスプレなんて珍しくないけど、学校でやるのはまた別でしょ」

「その〝コスプレが珍しくない〟っていうのが、陽キャの発想だな……」

湊も、そこは引っかかる。

コスプレなど、ネットやＴＶで見かけるものであって、自分が実際にやるものではない。

「陽キャ言うなや。コスプレなんてカラオケボックスでもできるし、ハロウィンとかクリスマスに軽いコスくらいやるでしょ」

「いや、やんねぇよ。そういや、夏に葉月たちと遊んでたとき、カラオケでコスプレしてたな……」

葉月《はづき》や穂波麦《ほなみむぎ》たちは、アニメの衣装を着たりして歌っていた。

といっても、上着を羽織ったり、ウィッグやウサミミなどを着けていた程度だった。

確かに〝軽い〟コスプレではあったかもしれない。

「ああいうのは中途半端だからさ。もっとガッツリやってみたいのはあるね。だから、いろんな衣装を選ぶのもいいけど、メイドに狙い撃ちしたほうがいいと思って」

「メイド……メイドですか」

「なに、瑠伽《るか》？　メイドがそんなに嫌とか？　むしろバニーと比べれば露出度も断然低いし、ハードルも低くない？」

「バニーガールは比較対象として間違ってます……絶対、学校のＯＫが出ません」

「出るわけねぇな」

最悪、クラス全員が教師からお説教をくらいかねない。

「いえ、メイドが嫌というわけでは……恥ずかしいのは確かなんですけど」

「………？」

湊《みなと》は、「ん？」となにか違和感を覚えた。

瀬里奈《せりな》は苦笑して首を振っているが、どことなく——その仕草に不自然なものを感じたのだ。

やはり、メイド喫茶に問題があるかのような。

いや、照れ屋の瀬里奈には問題があるのはわかりきっているが。

「瀬里奈、気になることがあるなら言っといたらどうだ？」

「え、えーと……葵《あおい》さんたちがメイドをやりたいのはいいんですが……」

瀬里奈が慌てて両手をぱたぱたと振っている。

「ど、どうして、コスプレするのが女子だけなんでしょう？　男子のみなさんも、たとえば執事服とか……」

「ああ、そういうことか」

湊は納得する。

瀬里奈がそこに引っかかりを感じるのは無理もない。ただ――

「それ、決めたの男子じゃないからな？　男子が女子のメイド服を見たくて決めたわけじゃなかっただろ。決めたのは、葉月グループだったからな」

「だって、委員長があたしらに決めてくれって言うから」

葉月は、ニヤッと笑って言った。

実際、葉月が言うとおりの流れだった。

クラスの話し合いでは議論が紛糾して、まるで収拾がつかなかった。

陽キャや積極的な生徒が多いのでイベントには前向きだが、前向きすぎて話がまとまらないのも困る。

そこで委員長はクラスのリーダー格である葉月《はづき》に、話し合いの主導権を委ねたのだ。丸投げしたとも言う。

葉月は迷いもなく引き受け、すぐさま結論を出した。

結果として決まったのが、メイド喫茶。

女子がメイド服で接客、男子は教室を喫茶店に改装する準備と当日の裏方。

役割まであっという間に決まり、ほとんど議論にもならなかった。

葉月のリーダーシップが、委員長をはるかに上回っているのは間違いない。

「葵《あおい》さん、男の子たちだけで内装の作業を全部担当するのは大変ではありませんか？　話し合いのときにもその意見は出てましたけど……」

「そしたら、葉月が『じゃあ、あたしたちが男子のコスプレをプロデュースする』とか言い出しただろ。怖すぎる」

男子は全員一致で、内装作業を引き受けると決めた。

葉月たちのことだから、格好《かっこ》いいコスプレなど望むべくもない。

確実に、イロモノ系のコスプレをさせられる。

特に、一部のイケメン陽キャ男子たちがそれを激しく拒否した。

彼らは笑いを取るのは嫌いではないが、笑いものにされるのはイヤだったようだ。

陽キャはプライドが高いらしい。

湊《みなと》は裏方の面倒な作業か、コスプレして笑いものにされるか、どちらか選べと言われたら悩んでいただろう。ただ――

「まあ、俺らも重労働のほうがまだマシかな……」

「重労働言うなや。あたしらが押しつけてるみたいじゃん」

「いや、マジで表に出るより裏で作業するほうがいいってことで。笑いものになるならまだいいが、スベったら最悪だしな」

「湊、意外と変なこと気にするね」

「陰キャのほうが見栄《みえ》っ張《ば》りだったりするんだよ」

陽キャならスベってもそれを笑いに変えたりできるかもしれないが、湊やその同類にはそんな器用な芸当はできない。

「ま、女子のメイドオンリーが無難だろ。お客さんにも期待してもらえるんじゃないか」

そもそも、湊たちのクラスは葉月や瀬里奈《せりな》、穂波《ほなみ》と美少女が多い。

男子のコスプレより女子高生メイドを主力にしたほうが、ウケがいいに決まっている。

「女子たち自身が嫌がってないなら、問題ねぇし」

「私はメイド要員をＯＫした覚えはないんですけど……いつの間にかコスプレすることになってました……」

「馬鹿言わないで。瑠伽《るか》がコスしなかったら、他のクラスの連中からも文句出るって」

「そ、そんなことはないのでは……？」

残念ながら、そんなことがある。

いや、湊《みなと》はまったく残念ではない。瀬里奈《せりな》のメイド姿は大いに見たい。

「ウチのクラスの問題じゃ済まないからな。瀬里奈がメイドをやらなかったら、最悪の場合、全校生徒が暴動を起こす」

「そ、それはいくらなんでもありませんよ！」

「あるある。瑠伽《るか》はもうちょっと、自分の人気を自覚するべきね」

そう言っている葉月《はづき》も、自分の人気の自覚はあるだろうが、甘く見ているだろう。

葉月がメイドをしたら、どれだけの集客に繋《つな》がることか。

クラスの出し物はお客の投票によって順位が決められるが、一位も夢ではない。

「ま、とりあえず衣装も用意したし、腹をくってやるっきゃないね」

「仕方ありません……今さらやめるとは言えませんから……」

女子の衣装は、クラスでまとめて用意することになっている。

文化祭のクラス予算で買う物だからだ。

もっとも、一部の剛の者は〝自前のコスプレ衣装〟があるらしい。

なぜ自前でメイド服を持っているのか――その疑問は追及しないほうがよさそうだ。

「でも、メイド服っていっても割とバリエーション豊富だよな？」

「よく知ってんじゃん、湊」

「まあ、ゲームでもメイドってちょいちょい出てくるからな」

黒と白、ロングスカートのクラシックなメイド。

秋葉原のメイド喫茶で見るようなミニスカメイド。

それに、メイド服の色も黒と白だけでなく赤やピンクなど、様々だ。

ゲームでは特殊衣装として、なんらかの条件を満たすと解放されるケースも多い。

湊のようなオタクには、慣れ親しんでいる服装と言ってもいいくらいだ。

「まずはお試しで、あたしと瑠伽が着てみて、写真を撮るから。わかってるよね、湊？」

「ああ」

葉月はさっそく、どこからかメイド衣装を手に入れてきた。

紙袋の中にあるのは、まさにそれだ。

試着係として葉月と瀬里奈が選ばれたのも、当然の展開ではある。

「で、葉月と瀬里奈は、どんなメイド服着るんだ？」

「それを今から見せるんじゃん。ま、お楽しみに♡」

「わ、笑わないでくださいね？」

葉月は前をはだけていた白ブラウスを脱ぎ、チェックのミニスカートを脱いだ。

パンツも同じく黒で、すらりとした太ももがまぶしい。

瀬里奈《せりな》も同じく白ブラウスを脱ぎ、葉月《はづき》より少し長いスカートを脱ぐ。

ブラジャーもパンツも、白のシルク。

「はーい、着替えシーンをサービスしてあげるのはここまで」

「そ、そうですね。できればちゃんと着たところを一番に見てほしいです」

「あー、なるほど」

ブラジャーとパンツをいつまでも眺めていたかったが、確かに二人の言うとおりだった。

少しずつ着替えを見るのではなく、メイド服を着た姿でドーンと出てきてほしい。

「ま、まあ……その前に、ちょっとだけなら……」

「え、ええ……おっぱい……楽しんでおきますか……？」

葉月と瀬里奈が湊《みなと》の前で前屈《まえかが》みになって谷間と――ブラジャーを軽くズラして、それぞれの可愛い乳首をチラリと見せてくる。

ピンクで小さめの乳輪とピンと尖った乳首が、最高にエロい。

もちろん、湊に断る理由はなく――

なんでもOKしてくれる女友達二人は、今日も最高だった。


二人の可愛い乳首をたっぷり味わい、葉月の胸と瀬里奈の口を使わせてもらってから。

湊が葉月家リビングに移動して、スマホを見て時間を潰していると——

「湊ーっ、準備できたよーっ」

「お、お待たせしましたー」

葉月の部屋のほうから声がして、湊は立ち上がってそちらに戻る。

そこには——

「ど、どうよ？　あたし、なかなかよくねー？」

「や、やっぱり恥ずかしいですよ……湊くんに見られるのが一番恥ずかしいかも……」

「……なんかすげぇな」

湊は、ぽかんとして二人を眺めてしまう。

「ふふん、でしょでしょ？　素直に褒めるじゃん、湊」

葉月は、ミニスカメイド服。

かなり際どい短すぎるスカートに、ニーソックス。

胸元も大きく開いていて、谷間が見えてしまっている。

「あ、あまり見ないでください……」

瀬里奈は、クラシックなロングスカートタイプのメイド服だ。

黒髪を二本の三つ編みにして、白いカチューシャもよく似合っている。

「えっと……じゃ、じゃあ、二人ともパンツも見せてくれるか……？」

「ば、ばーか！　いきなりそれかいっ！」

「湊《みなと》くんは、まだ私たちのパンツに興味津々なのですね……」

湊は、葉月《はづき》と瀬里奈《せりな》の身体で見ていないところは一つもない。

それでも、この可愛い女友達二人のパンツは土下座してでも見たい。

その気持ちが変わることは、決してないだろう。

「こ、こんな感じでいい……？　あたしだって恥ずかしいよ、これは」

葉月が床に両手両膝をつき、お尻を持ち上げるようにする。

それだけで短いスカートがめくれて、その下にある白いパンツがちらりと見えた。

どうやら、葉月は着替えたついでに下着もはき替えたらしい。

「で、では私はこれで……いいですか？」

瀬里奈のほうは、立ったままロンスカメイド服の裾をたくし上げている。

色っぽいガーターベルトが、清楚な瀬里奈に不思議なほど似合う。

こちらも下着をはき替えていて、ピンクのパンツだ。

「やべー、すげー最高にいい……でも、葉月はそんだけ短いと普通に見えないか？」

「あ、あのね、本番ではちゃんと見せパンはくに決まってんでしょ」

「そ、そうですね……さすがにその短いスカートで生パンツはやめておいたほうが」

瀬里奈も、湊には恥ずかしがりつつもいつでもパンツを見せてくれるが、別に見せたがりではなく、むしろかなり警戒心は強い。

「だから、しょうがないなあ。湊にだけ特別サービス♡　ミニスカメイドさんのパンツ……見せてあげる♡」

「ロングスカートメイドさんの下着も……見ていいのは、お友達の湊くんだけです♡」

「………………」

「きゃっ、こらっ、さっそくなの♡」

「いやんっ♡　い、いいですけど……い、衣装は汚しちゃダメですよ♡」

湊は思わず、飛びつくように二人にまとめて抱きついてしまう。

葉月と瀬里奈が笑いながら、部屋の床に転がる。

もちろん湊が無理矢理転がしたのではなく、二人がふざけて転んだのだ。

「もう、がっつきすぎだってば♡」

「きゃっ、またメくれて……♡」

葉月はうつ伏せで、お尻を湊のほうに向けて。

瀬里奈は仰向けで、長いスカートがめくれてパンツが剝き出しだ。

「あのな、二人とも。ちょっと、ちょっと一回だけでいいから……」

「い、言うと思った……マジで一回だけだからね、今回は♡」

「一回で……その、汚せないので今日は着けてくださいい……これ脱いだら、そのままシてもいいですから……そうしたら何回でも好きなだけ……♡」

「あ、ああ……」

湊《みなと》は、ごくりと唾を呑み込んだ。

こうして、二人にまとめてヤらせてもらえるようになって。

しかも、今日は葉月《はづき》も瀬里奈《せりな》も揃ってメイド服。

「友達メイド二人にまとめてヤらせてもらえるとか……最高すぎるな」

「あんた、なんでも最高最高って言ってんじゃん」

「と、友達メイドってなんですか……いえ、そのとおりですけど」

葉月と瀬里奈は顔を赤くしつつ、苦笑している。

「最高だし、友達メイドのパンツ……もっとよく見せてくれ」

それから、湊は葉月の尻と瀬里奈のパンツをよく観察するために座り込む。

こんな可愛い女友達二人の、エロすぎるコスプレ姿でなにもしないなどという選択肢はない。

「あ、ちゃんと着けるなら……あたしは二回でも……な、何回でもいいけど……♡」

「あ、葵《あおい》さん、前言撤回が早すぎます……や、やっぱり、湊くんのがかかったら洗えばいいので……っ、着けなくても大丈夫ですよ♡」

「瑠伽《るか》、あんたも撤回してんじゃん。ていうか、甘やかしすぎよ……着けずにヤらせるなんて……♡」

「あ、葵さんもですよ……着けたら何回でもいいなんて……♡」

葉月は、うつ伏せのままお尻をくいっと上げて、白パンツをチラ見せさせつつ、ぷりぷりとした肉づきのそこを湊に見せつけてくる。

瀬里奈も仰向けで、ロングスカートの裾を摑んでしっかりとめくり、ピンクのパンツを見せてくれる。

こんな光景を見せられて、我慢できるはずもなく――

「よし、今日は二人とも着けずに好きなだけヤらせてくれ！」

「も、もうっ、湊、メイドさんに興奮しすぎ……じゃあ、今日は特別に……最初っから着けなくていいけどさ♡」

「ちゃ、ちゃんと私のも葵さんのも洗いますから……好きなだけ、たっぷり汚れるくらいどうぞ……♡」

二人の女友達は、顔を真っ赤にして、それでも嬉しそうに笑っている。

今日の放課後の遊びは、いつもとは違う衣装で、いつも以上に好き放題に楽しめそうだ。

「というわけで、今日はメイド喫茶の基本的な方向性を決めていこうと思います」

「…………」

メイド服お披露目の翌日、午後の授業。

文化祭に向けたＬＨＲが組まれていて、思う存分話し合いができる。

教壇のところに立っているのは葉月葵《はづきあおい》だ。

「はぁい、みんなドンドン意見出してねぇ」

葉月の隣に立っているのは、穂波麦《ほなみむぎ》だ。

どうやら、みずから書記を買って出たらしい。

黒板に〝メイド喫茶の方針について〟と書かれていて、多少クセがあるものの、綺麗な字だった。

穂波麦は頭が良いだけでなく、書道なども習っているのではないだろうか。

湊《みなと》はそんなことを思いつつ、自分の席でおとなしく座っている。

特に発言するつもりもない——が、これは積極性の欠如ではない。

他の男子も似たり寄ったりで、あまり話し合いに関わるつもりはないようだ。

もはや、このメイド喫茶はクラスの女子が主導して動き出している。

たとえ運動部所属の陽キャ男子たちでも迂闊に口を挟むことはできないだろう。

ある意味では楽なので、湊としては普通に静観したい。

「まず、今朝、クラスのＬＩＮＥグループに送った写真は見てもらえましたか？」

葉月が自分のスマホを軽く掲げてみせる。

クラスのほとんどが同じくスマホを取り出し、画面を見た。

湊もLINEグループを開き、そこに表示されている写真を眺める。

「………」

ミニスカメイドの葉月葵。

ロンスカメイドの瀬里奈瑠伽《せりなるか》。

葉月はビシッとピースを決めつつも、直立している。

瀬里奈は恥ずかしそうに微笑み、前で手を組みつつ、同じく直立している。

棒立ちになっているのは、メイド服全体を見せるためだ。

そうでなければ、瀬里奈はともかく、葉月はもっと凝ったポーズを決めていただろう。

「見てのとおり、あたしと瑠伽——瀬里奈さんでメイド服の試し撮りをしてみました。どっちもガチで可愛いよね。自分で言うのもなんだけど」

葉月がそう言って、陽キャグループの女子たちがドッと笑う。

さほど面白い発言でもないが、素直に笑うのが陽キャなのだろう。

「ただ——やっぱり、この二種類のメイド服を見て、決めなきゃいけないと思いました」

やはりそうなったか、と湊は内心で唸《うな》ってしまう。

葉月と瀬里奈の写真は、もちろん湊が撮影したものだ。

その中でももっとも無難な写真でもある。

湊《みなと》のノートPCには、ローカルディスク以外には入れておけないような際どいメイド写真がギッシリだ。

メイド写真なのか下着の写真なのか、裸の写真なのか……。

ともかく、その二枚の無難な写真は朝のうちにクラス全員が所属しているLINEグループに送信された。

約一名、黒髪ロングのお嬢様は「送るのは仕方ないですが、顔にモザイクとか……」と抵抗を示していたが。

ただ、モザイクなどかけたら写真の雰囲気が変わってしまうので、その案は見送られ、瀬里奈《せりな》も最終的には納得した。

葉月《はづき》と瀬里奈、クラスが誇る二人の美少女の写真を合法的に入手して舞い上がっている男子も多いことだろう。

それはたいした問題ではない。

だが、それよりも――

「というわけで、メイド喫茶の方向性の候補は二つ！」

葉月がそう言って振り向くと、穂波《ほなみ》がカツカツと黒板にチョークを走らせていく。

英国風クラシックスタイル。

パリピ風現代系スタイル。

白い文字で書かれたのは、その二つの文章だった。

「さあ、あたしたちのクラスはどっちのメイド喫茶をやるのか！」

クラスのメイド喫茶は、その二種類のどちらを選ぶのか、意見が割れている。

意見が割れたのは、メイド服のせいだった。

葉月のミニスカメイド服が似合う、ギラギラした派手な内装のパリピ風メイド喫茶。

瀬里奈のロンスカメイド服が似合う、伝統的な英国風のメイド喫茶。

要するに、店の雰囲気作りをどうするか――そこで意見が対立してしまっている。

「でもさぁ、葵《あおい》。どっちみち内装もそんな凝ったことできないでしょ？」

「明るく『萌《も》え萌えきゅーん』的なベタなことをやるか、清楚に『おかえりなさいませ、ご主人様』って物静かな雰囲気でやるか。その二つは全然違うのよ。コンセプトはきちんと決めないとね」

「はぁ、なるほど」

書記の穂波が質問し、葉月が返す。

どうやら、賢い穂波はクラスの人間が疑問に思っているであろうことを代弁してくれたようだ。

確かにその二種類はまるで違うし、決めておかなければメイド服のスカート丈などはもちろん、内装も変わってくる。

男子にとっても他人事ではない。

「やっぱミニスカメイドじゃない？　あんまり真面目なヤツだとお客さん入んないしさ。どうせみんな制服でミニはいてるんだし、いいっしょ」

「待って待って、学校の文化祭だってことを忘れないで。そんなパリピみたいなカフェじゃなくて、英国文化を学べるような本格的な模擬店のほうがウケもいいんじゃないの」

葉月《はづき》グループの女子と、優等生女子がいきなり意見を衝突させる。

そこから、すぐに女子たちが二派に分かれて議論を始めてしまう。

「…………」

湊《みなと》は、ちらりと梓《あずさ》琴音《ことね》のほうを見た。

梓は湊にとって初めての女友達で、ここ数ヶ月は疎遠だったが、最近になってまた友情が復活した。

梓は困ったように笑っていて、あまり言い争いはしたくないらしい。

もちろん中立派もいて当然だが、強力な二派がある以上は傍観者ではいられないだろう。

大丈夫かな、と湊は梓が少し心配になったが――もうそれどころではなさそうだ。

「ウチのクラスには葉月葵《あおい》がいるんだからさ！　ぱぁっと明るいお店のほうが葵を活《い》かせるでしょ！」

「だから待ってって。瀬里奈瑠伽《せりなるか》がいることも忘れてない？　黒髪の美人メイドが紅茶を淹《い》れてくれる落ち着いたカフェ——最高でしょ！」

いつの間にやら、葉月と瀬里奈が二派のリーダーに祭り上げられてしまった。

ますます、湊たち男子は口を挟めない雰囲気になっていく。

「あ、あの」

瀬里奈が手を挙げて立ち上がる。

ぱっ、とクラス中の視線が瀬里奈に注がれ、彼女は怯《ひる》みつつも——

「私は、揉めるようなことでもないかと……恐縮ですけど、私としてはパリピ風とか現代系……？　という方向性でもかまわないかと思います……」

「ダメでしょ、瑠伽」

「え、ダメ？」

「瑠伽がそう言っちゃったら、そっちの子たちが振り上げた拳をどうすればいいか困っちゃうでしょ」

「そ、それは……」

葉月が言う〝そっちの子たち〟は〝英国派〟の女子たちのことらしい。

「それに、そんなあっさり引き下がっちゃダメ。これはクラスの出し物なんだから。みんなで納得いくまで意見を出し合って決めないと」

「ええ……」

瀬里奈《せりな》は、葉月《はづき》の言葉に戸惑っているようだ。

それも当然で、瀬里奈は自分の意見を押し通すより、争いを避けることを選ぶタイプだ。

ただ、既に議論が始まってしまっている以上、葉月が言うことにも一理ある。

「学校でメイド喫茶をやるなんて、人生でこれが最初で最後でしょ。だったら、徹底的に話し合って決めないと！」

葉月は妙に張り切っている。

むしろ、葉月のほうは争うことを楽しんでいるようだ。そういうタイプだ。

「まったく、葉月のヤツは……」

湊《みなと》は、ぼそりとつぶやいた。

正直、湊はパリピだろうが英国だろうが、どちらでもいいと思っている。

裏方の男子としては、制作する飾り付けや看板などの種類が変わるだけで、作業量や難易度にたいして違いはないからだ。

ただ、そんなことを口に出したら真剣な女子たちに睨まれるのも理解している。

「なあ、湊。これ、どうなると思う？」

隣の男子がヒソヒソと話しかけてくる。

「どうなるもこうなるも……そんな時間もないんだし、さっさと決まってほしいな」

「クールだな。ごもっともだけどさ」

物理的な作業が多いのは男子のほうだ。

話し合いが長引いて方針が決まらないと、いつまで経っても作業に入れない。

そうなると作業時間が取れず、大急ぎで仕事をするハメになってしまう。

「どっちが勝つかなあ。湊、どっちに賭ける？」

「賭けねぇよ。葉月グループは数は少ねぇけど、クラスでも目立つ連中ばかりだからな」

湊が見たところ、パリピ風を支持しているのは葉月のグループの連中がほとんどだ。

多く見積もっても六、七人だが、一人一人の発言力は強い。

「瀬里奈さん派は数の力で勝負って感じだな。つまり、形勢は互角か」

「そうなるな」

隣の男子の言葉に、湊は頷く。

葉月グループ以外の女子は十二、三人。

彼女たちのほとんどは、地味ながらも高貴な雰囲気の英国風に憧れているらしい。

なにより、瀬里奈の清楚なメイド服姿に感動したようだ。

女子たちがそんな話をしているのが、今日は教室のあちこちから聞こえてきていた。

「というか、葉月vs瀬里奈って感じだなあ……」

葉月グループは葉月の派手なミニスカメイドに憧れ、他の女子たちは瀬里奈の清楚なロンスカメイドに憧れている。

この二人のどちらがクラスのメイド喫茶を主導するのか――

要するに、今回の問題はそういうことだ。

「二人の一騎討ちか。どうなることかなあ」

「頑張れよ、湊《みなと》」

「は？　なんで俺が……」

と言いかけて、確かにそうかもしれないと思った。

湊と葉月《はづき》が仲が良いのはもう周知の事実。

最近は、瀬里奈《せりな》とも親しいことをクラス全員が知っている。

「俺、なにを期待されてんだろ……？」

湊はぼそりとつぶやいた。

もしかすると、対立する二つの勢力の仲介役でもやらされるのだろうか。


夜、葉月家――

もちろん、まだ湊は葉月家に泊まり込んでいる。

今日もこの家で葉月と二人きりだ。

夕食は湊が用意したご飯と味噌汁、それにスーパーで買ってきた惣菜《そうざい》で済ませた。

それから、二人でリビングでくつろいでいる。

「んー……くうぅー……」

葉月は腹ごなしのために、ストレッチなどやっている。

運動神経が抜群なだけでなく、身体も柔軟らしい。

座って脚を大きく広げたり、床に身体をぺたりとつけたりと、かなりの軟らかさを見せている。

「よくそんなに曲がるもんだなあ」

「なにを感心してんの。湊もやる？　あんた、けっこう身体硬そうだね」

「そんな一八〇度開脚みたいなのは絶対無理だな……」

葉月は何気なく、脚がほとんど一直線になるくらいまで広げているが、普通は難しい。

「毎日ストレッチしてればできるようになるって。湊はそもそも運動不足だね」

「部活をやってなきゃ、こんなもんだろ。葉月のほうが運動しすぎなんだよ」

いつも好きに飲み食いしているように見えるが、葉月の抜群のスタイルは努力によって維持されているらしい。

葉月は派手なピンクのタンクトップに、黒のスパッツという格好だ。

タンクトップはおっぱいの谷間もあらわで、スパッツは身体に密着していてお尻の形がよくわかる。

屈んで床に胸をくっつけるたびに、さらに谷間が見えてしまう。

おっぱいの谷間に顔を埋めたいところだが、がっつきすぎるのも品がないので我慢する。

「でも、メシのすぐあとでそんな動かないほうがいいんじゃないか？」

「ご飯のあとこそ、腹ごなしに動くんだよ。それにあんま食べてないし」

「ああ……やっぱ瀬里奈《せりな》のメシが恋しくなるよな」

葉月《はづき》も、瀬里奈が料理を用意してくれたときは、いつもよりよく食べている。

「まあ、あたしはインスタントも嫌いじゃないけど。むしろ、湊《みなと》がチャーハンとかカレーとかつくり出したら焦る」

「焦る必要はないだろ。つーか俺、あとハムエッグとかもつくれるぞ」

「は、はむえっぐ……！　そんな中級レベルの料理までいつの間に⁉」

葉月の顔が驚愕《きょうがく》に歪《ゆが》む。歪んでも可愛いが。

「中の下ですらねぇよ。初歩の初歩だよ」

湊もハムエッグは特に練習などせず、つくれるようになった。

ハムエッグは朝に食べるものだと思っているし、朝は面倒で料理しないので、葉月に披露する機会がないだけだ。

「ハムエッグくらいなら、電子レンジでもつくれるぞ」

「それは認めない。フライパンに油を引いてつくらないと、料理じゃない！」

「まったく料理しないくせに、そのこだわりはなんなんだ……？」

葉月《はづき》の思考回路は、未だに湊《みなと》にも読み切れない。

「ま、瑠伽《るか》のご飯が美味しいってのは間違いないけどさ」

「この前つくってもらった生鮭《なまざけ》のバター焼き、めっちゃ美味《うま》かったな。どんな育ち方したら、あんなものつくれるようになるんだ……」

「ああいうのは、インスタントとかコンビニとかじゃ食べられないもんね」

「本当のところを言えば、毎日瀬里奈《せりな》につくってもらいたいよな」

「そのついでに、瑠伽も食べられるもんね」

「そうそう、やっぱあのほっそい身体がクセになって――だから違うって！　いや、マジで瀬里奈のメシは毎日食いたいよ」

「ま、そうだけどね。そういえば湊、もう瑠伽に料理は教わらないわけ？」

「教わるつもりだったんだけど、なかなか機会がなくてな」

「別に、いつでも教われない？」

「そうだと思うんだけどな」

湊が教わろうとしても、瀬里奈は「食べたいなら私がつくりますよ」と言うだけだ。

おかげで、今のところ湊の料理のレパートリーは乏しいままだ。

「瑠伽は、料理を教えるより自分でつくって食べさせたいんだろね。あいつ世話焼きだからね」

「そんな理由か？　まあ、俺が頑張っても瀬里奈の腕には追いつけないだろうし、食わせてもらえるならそのほうがいいが」

「ヤらせてもらって、ご飯もつくってもらって。そういうのってヒモ――」

「いやいや、あくまで友達！　女友達だろ！」

湊もちょっと思っていたことなので、慌てて否定する。

やはり、食事で甘えすぎるのはよくないなと湊は思い直す。

ヤらせてもらうのは、どうやってもやめられそうにないが。

「でも、瑠伽は毎日ご飯つくりに来るってわけにはいかないもんね」

料理を身につける気は一ミリもなさそうな葉月が、うんうんと頷いている。

「つーか、瑠伽みたいな可愛い子の手料理食えるとか、贅沢すぎ。おまけに湊の場合は、瑠伽も食べちゃってるもんね」

「話戻すなよ……」

「あたしより瑠伽のメイド服のほうに興奮してなかったか、こ、ここは」

「うおっ……」

葉月はニヤッと笑って、ソファに座っている湊のそこに足をぐりぐりと押しつけてくる。

「わっ　もうこんなになってんじゃん……踏まれて興奮するとか、湊《みなと》って変態？」

「し、刺激を与えられたらこうなるってことだろ……」

「ふふーん、やっぱ瑠伽《るか》のメイド服のほうが刺激的だった？」

「まだ続くのかよ、その話」

「だーってさ。メイド服の写真撮ってから、あたしらあんたにヤらせてあげたじゃん？」

じーっと、葉月《はづき》がそこを踏みながら睨んでくる。

「あたしは着けて二回。瑠伽は無しで二回、お口にも二回だったじゃん。でも、葵《あおい》さんは気づいてるよ。あたしが軽くシャワー浴びてた五分の間に、この悪い子をもう一回使ってたでしょ？」

「な、なぜそれを……！」

「これまで何回ヤらせてると思ってんの。雰囲気でわかるっつーの。あっ、でもアレ減ってないってことはもう一回口に？」

「い、いや、なんというか……そのまま？」

「……瑠伽、けっこうすんなりそのままヤらせるよね……そっちの回数はあたしより絶対多いよね。そりゃ湊くんのミナトくんも興奮しまくりですわ」

「ぐわっ……」

ぐりぐりと、葉月は湊のミナトをさらに踏んでくる。

特に痛くはないが、気持ちよすぎて暴発しそうになってしまう。

「今度は、あたしがロンスカ着てみようかな」

「あ、それはアリだな」

「ば、ばーか。でも、ああいう清楚な服、あたしには似合わなくない？」

「いや、俺は清楚葉月にもヤらせてほしいな……」

「や、やっぱそれか！　まー、それが湊の褒め言葉なのはわかってるけどさー」

葉月はやっと湊のそこを踏んでいた足を外した。

それから、ぽふっと隣に座って、ちゅっちゅとキスしてくる。

「んっ、ちゅっ……つーか、コスプレって興奮するもんなの？」

「そ、そりゃあな……だからウチのクラスもメイド喫茶、やるんだろ？」

湊は葉月を膝に乗せて、向き合って抱き合う。

ちゅっ、ちゅっとさらにキスしながら、押しつけられてくるGカップの感触も楽しむ。

「そ、それじゃあ……泊まり込んでくれてるお礼に、他のコスもしてあげようか？　湊だけにサービスしてあげる」

「うーん、バニーガールとか？」

「マジで性欲と直結した衣装、いきなり提案してきたね。きゃっ、こらぁ」

湊《みなと》は提案しつつ、タンクトップの胸元を引っ張って、葉月《はづき》のおっぱいを露出させる。

たわわなふくらみが半分ほど見え、可愛いピンク乳首もぽろりする。

「もー、おっぱい、揉みたいの？」

「揉みまくりたいなあ」

「……ま、好きに触って揉んでいいよ。その前に、もうちょっとキスね」

「ああ……」

湊は葉月と軽く唇を重ねながら、生のおっぱいに触れる。

「あ、あんっ、んんっ……　そ、そろそろベッド……行こうか？　それとも、お風呂先に入っとく……？」

「そうだな……風呂で一回、ベッドで……ちゃんと着けるから、お願いしていいか？　ミニスカでいいから、もっかいメイド服で……」

「もうー　あのメイドコス、実は窮屈で着てるとちょっと疲れるから……こ、今度こそ二回までだよ？」

「二回だけか……」

「ガチで残念そうな顔すんなー。しょ、しょうがないなあ。ちゅっ」

葉月は困ったような顔をして、湊にキスをしてから。

「あたしはなんもしないけど、あんたが口とか胸とか勝手に使っていいからさ……」

「マジか。ああ、葉月は寝てていいから、おっぱい使わせてもらうか」

「ちょ、ちょっとくらいは、あたしがおっぱいで挟んであげよっか……？」

葉月はそう言いつつ、自分から乳首を湊の顔に押しつけてくる。

「わっ」

そのとたん、葉月が声を上げた。

リビングのテーブルに置いていた葉月のスマホが、振動したのだ。

「び、びっくりした。ちょっとごめん」

「ああ」

葉月はテーブルからスマホを取り上げる。

「あれ、瑠伽《るか》からだ」

「電話か？　この時間に珍しいな」

「だよね。いつもならラインなのに……っと、出ないと。はいはーい」

湊は身振りで「席を外そうか？」と伝えたが、葉月は笑って手を振って「いていい」と返事してきた。

相手が共通の友人同士とはいえ、電話をしているなら話を聞かないようにする気遣いくらいはする。

もっとも、葉月はあけっぴろげで、あまりそういうことを気にしない。

「…………」

湊《みなと》は、少し緊張してしまう。

葉月《はづき》と瀬里奈《せりな》は、メイド喫茶の方針を巡って今は争っているところだ。

別にケンカしているわけではないので、電話してきてもおかしくはないのだが……。

「ああ、うん。ちょっと湊をイジめてたところ。こいつ、瑠伽《るか》のバニーガールコスプレを見たいって」

「そんなこと言ってな――いや、見たいけど」

湊は電話の邪魔にならないように、小声で突っ込む。

あの清楚な黒髪美少女には、扇情的なバニーガール姿も似合うだろう。

本人が思っているほど胸も小さくないので、ぺたーんとはならないはず。

「そうそう、今度あたしらで文化祭のコスとか関係なくさー。ほら、学校じゃ露出度高いのダメだもんね」

そのとおり、葉月メイドのスカートは短かったが、あれくらいが限界だった。

おっぱいの谷間を見せるのもギリギリ許可が出るかどうか、というところだろう。

湊は、もちろん谷間も、もっと際どいコスプレも見てみたい。

他の男には見せたくないが、三人だけで見るならむしろ望むところだ。

「うん、うん……え？　あ、ああ、そうなんだ？」

「………………？」

葉月の声のトーンが変わった。

なにか戸惑っているようにも聞こえる。

「わかった、湊に伝えとく。あはは、別にそんなこと断らなくてよかったのに」

葉月がなにやら苦笑してから、電話を切った。

「なんだ？　俺の名前、出てたよな？」

「うん、瑠伽が今、マンションのエントランスまで来てるんだって」

「えっ？　こんな時間に？」

もう夜の八時近くだ。

女子高生が出歩く時間ではない——というほど遅くはないが、瀬里奈のようなお嬢様は外出を控えるべきだろう。

「危ないなあ、あいつ……変に無防備で困るよな」

「つっても、瑠伽の家は近くだし。気軽に来ちゃうんじゃない？」

「そこんとこ、注意しておこう。あ、それでここに来るのか？」

「湊の家で会いたいって。だから、あんたを借りていいかって」

「なんだ、それ？」

湊ではなく、まず葉月に話を持ちかけるとは。

とはいえ、湊《みなと》は一人暮らしになってしまった葉月《はづき》を守るために泊まり込んでいるのだから、まずは葉月の許可を取るのもわからないでもない。

律儀な瀬里奈《せりな》らしい話ではある。

「今日は二人じゃなくて、一人で湊にヤらせたいのかも。あたしはちょくちょく一人でヤらせてるけど、最近はずっと三人でヤってるもんね」

「まあなあ……葉月とキスしながら瀬里奈にヤラせてもらったりとか、瀬里奈の胸を吸いながら葉月とか、マジ気持ちよすぎるもんな」

「そうやってあらためて言葉で言われると、あんたマジで贅沢だよね……」

「……返す言葉もないな」

二人の美少女の身体を同時に楽しませてもらえるなど、贅沢にもほどがある。

それが当たり前になってしまっているが、まさに夢のような状況だ。

「でもそうだな、たまには瀬里奈一人をじっくり……って、いやいや、別にヤらせてくれるとは限らないだろ！」

「あはは、まあね。んっ♡」

葉月は、湊にちゅっとキスしてから。

「たぶん、文化祭の話じゃない？　敵のあたしには話せないってわけだ。面白いじゃん」

「面白いのか……？」

「湊がどっちの味方をするのか、それも楽しみだね」

「………………」

葉月は意味ありげな目を向けてきて、湊は怯んでしまう。

三人以上のグループでの友達付き合いだと、こういうこともあるかと湊は今さら気づいた。

もし二人がケンカした場合、残るメンバーは傍観者ではいられない。

同性だろうと異性だろうと、友達付き合いでは同じような問題が発生するようだ。

7 清楚な女友達は相談したい

Onna Tomodachi ha Tanomeba Igai to Yarasete kureru

湊《みなと》がエントランスに下りていくと、瀬里奈《せりな》が一人でぽつんと立っていた。

瀬里奈は一度自宅に帰ったのだろうが、わざわざまた制服を着ている。

「湊くん、すみません。こんな夜分遅くに」

「まったくだ、気をつけてくれないと」

湊はこくりと頷く。

こんな時間に女子が一人で夜道を歩くなど危なすぎる。

「あのな、ウチに来るなら言ってくれたら俺が迎えに行くから」

「え？　あ、いえ、今日はタクシーで来ましたので……」

「……なるほど」

湊には、その発想はなかった。

普通は、高校生の身分でわずかな距離をタクシー移動はしない。

だが、瀬里奈家の令嬢にはごく当たり前の交通手段らしい。

「それなら別にいいんだけどな……いや、もったいないからやっぱり俺が……」

「ご心配かけてごめんなさい。ただ、私もちゃんと安全には気を遣っていますから」

「うん、そうらしいな」

そもそも、湊にボディガードが務まるかも怪しい。

どちらかというと、戦闘能力は瀬里奈のほうが高いのだから。

「ん？　なんだ、そのデカいバッグは？」

「あ、これは……その、着替えです」

「…………」

瀬里奈は両手で重そうなバッグを持っている。

なるほど着替えか、と湊は納得した。

瀬里奈が湊や葉月《はづき》の家に来る場合、たまに服を汚してしまう。

時間があれば洗濯することもあるし、葉月に服を借りて帰ることもある。

賢い瀬里奈は同じ失敗を繰り返さず、準備を整えてきたらしい。

「じゃあ、俺が持つよ。お、けっこう重いな」

「す、すみません」

瀬里奈のほうが腕力はありそうでも、さすがに女子に重い荷物を持たせておくわけにもいかない。

「ああ、立ち話もなんだな。さっさとウチに——ウチに来るんだよな？」

「は、はい。下着もちゃんとはき替えてきましたし……」

「…………」

かなりの小声だったが、瀬里奈《せりな》の台詞はしっかりと聞き取れてしまった。

もっとも、瀬里奈が家に来てなにもしないという選択肢はない。

エレベーターで湊家《みなとけ》があるフロアまで上がり、鍵を開けて部屋に入った。

当然ながら、まだ湊の父親は帰ってきていない。

いつもどおり、帰りは遅いのだろう。

「ちょっと寒いな。エアコン入れるから、あたたまるまで少し我慢してくれ」

「大丈夫です、ありがとうございます」

湊の部屋で、瀬里奈はすっと礼儀正しく正座する。

背筋も伸びていて、作法の手本のようだ。

「もしかして瀬里奈、茶道とかやってるか？」

「いえ、少し手ほどきを受けた程度ですね」

「習ってはいたんだな。俺なんて急須でお茶を淹れたこともないのに。なんなら、ウチに急須なんてないかも」

「今時はどこもそういうものでしょう。私の茶道の先生は、ペットボトルのお茶も美味しそうに飲んでましたよ」

「それも凄い話だな」

湊は苦笑してしまう。

瀬里奈のお茶のお師匠は、ずいぶんフランクなタイプらしい。

「おっと、それだ。お茶くらい出さないとな。待っててくれ」

「あ、私がやりましょうか？」

「いいから座っててくれ」

湊は言ってキッチンに行き、ペットボトルのお茶をコップに注いでレンジであたためる。

もう十一月、あたたかい飲み物のほうがいいだろう。

レンジであたためたお茶くらいしか出せないのが情けないが。

「瀬里奈のおかげで、自分らが料理もできないのがやべーって気づけたんだよな」

「え、別にまずいことでは……お料理も自分でできなくても問題ないでしょう」

お茶を持って湊がボヤきながら自室に入ると、瀬里奈はきょとんとした。

湊はローテーブルにお茶のコップを二つ並べる。

「湯飲みすら見当たらなかったからな、ウチ。さすがに、どこかにあるとは思うんだが」

「大丈夫ですよ。ありがとうございます、いただきます」

ずずっと瀬里奈がこれもまた礼儀正しくお茶をすする。

「瀬里奈《せりな》は料理もできるしお茶も淹れられるし、生活力あるよな。ほぼ一人暮らしの俺や葉月《はづき》のほうが家事できないんだもんなあ」

「高校生ならそれが普通ですよ……私が、ちょっと変わっているんだと思います」

瀬里奈はコップを置いて苦笑いする。

湊《みなと》もまったくそのとおりだと思うが、こちらも苦笑するだけで済ませておいた。

なんにしても、瀬里奈は変わっていても、湊たちよりデキがいいのは間違いない。

「ウチもたまに親父が一週間くらい出張に行くこととかあるから、そのときは瀬里奈に面倒見てもらおうか」

「あ、お任せください！　ご飯も三食つくりますし、お掃除もお洗濯もできます！　それに……よ、夜も……」

「……じょ、冗談だよ。さすがに友達に生活の面倒を見ろとは頼まないって」

たまに瀬里奈が泊まることはあって、食事をつくってもらっている。

ただ、掃除や洗濯まで頼むことはない。

「それだと、マジでメイドさんみたいだしな」

「それですね。本物のメイドの立ち回りを学ぶために、湊くんのお世話をしてみましょうか……」

「いやいや、文化祭のメイド喫茶だぞ！　そこまでガチらなくていいって！」

メイド喫茶がどうなるにしろ、メイドの仕事は客を席に案内して注文を取り、飲み物を用意して、席に運ぶだけだ。

掃除や洗濯をしても無意味すぎる。

「そ、そうですよね。ですが……」

「ん？」

「あの、湊くん……！　相談していいですか！」

「そんなに力まなくてもいいって。わかってるよ」

察しが悪い湊でも、さすがに瀬里奈の用件はわかっている。

文化祭の件というのは葉月にも言われたが――

もっと言うなら、メイド喫茶の方針で葉月と〝対立〟してしまった件だろう。

「もうちょっと考えがまとまったら、俺から瀬里奈に話そうとは思ってたんだが」

「湊くんも考えていてくれたんですね……」

「そりゃ、友達二人が揉めてるわけだからな」

「私は揉めたいわけではないんですけど……」

「そこ、葉月と瀬里奈が真逆だよな」

葉月は対立を楽しんでいて、瀬里奈は自分の意思を曲げてでも対立を避けたい。

既にそこからすれ違っているのだ。

「あ、でも葉月《はづき》のほうも悪意があるわけじゃないと思うぞ」

「はい、そこは私もわかってます。葵《あおい》さんはその……楽しんでるんですよね」

「そうそう。つってもなあ。あくまで、学校の文化祭のことだし。お祭りなんだから、揉めずに楽しくできればいい……と思うんだが」

「だが？」

瀬里奈《せりな》が、きょとんと首を傾げる。

「お祭りだから揉めるっていうのもあるかもなあ。みんな全力で楽しみたいからこそ、自分らの要望どおりに進めたいっつーか」

「なるほど……」

瀬里奈が、今度はこくこくと頷く。

「今んとこ、葉月はそこまでガチにはなってないが……」

「そうなんですか？」

「さっきも普通だったし、瀬里奈のことも怒ってるとか全然ないしな」

「実は……さきほど、湊《みなと》くんじゃなくて葵さんにお電話したのは、怒ってないか確かめてみたくなりまして……姑息《こそく》だったでしょうか？」

「まさか、気になるのは当然だろ」

電話で葉月の様子を窺《うかが》っていたなど、むしろ可愛げがあるくらいだと湊は思う。

「俺もなんとかしたくはあるけど、男子は蚊帳《かや》の外《そと》って感じだよな。迂闊に男子がどっちかに味方したら、逆に事態が悪化しそうだ」

「うっ……た、確かにそうですね。いえ、湊くんを巻き込むつもりはなくて」

「いや、マジで困ったら巻き込んでくれていい。そもそもクラスの問題なんだし、瀬里奈は……友達なんだからな」

「あ……ありがとうございます」

瀬里奈は、ぐいっと身を乗り出してきて湊の手を摑んできた。

それくらいのことで感動されても、と湊は戸惑う。

「えーと……穂波《ほなみ》に相談してみるか？　あいつなら葉月に近いし、協力してくれるかも」

「それはよくないかもしれません」

瀬里奈はずばっと言って、首をかすかに横に振った。

「穂波さんは良い人ですから。お願いしたら、私を助けてくれるかもしれません」

「友達だからな。でも、素直に助けてもらえばいいんじゃないか？」

「そうなると、友達の葵さんの敵に回ることになるかもしれません。私も穂波さんと……お友達になれたと思いますが、葵さんを裏切らせるわけには」

「裏切るって。それは大げさだろ」

湊は、また苦笑いしてしまう。

友情は大事だが、考えすぎではないだろうか。

「ただ、葉月《はづき》はやる気満々だからな。瀬里奈《せりな》との——英国派との対立を楽しんでるよな」

「意外と闘争心強いんですね、葵《あおい》さん……」

「あー、負けず嫌いなのは間違いないな。スポッティで勝負したりすると、あいつガチで勝ちにくるぞ」

遊びの卓球でも、胸をぶるんぶるん揺らしながら激しいラリーを続けていた葉月の姿を思い出す。

遊びだからこそ本気——というのが、葉月らしい。

「なんとなく想像がつきますね。葵さん、体育の授業でもいつも本気ですし」

「だろうな」

一〇〇メートル走では〇・一秒でも速く、球技では一点でも多く。

葉月はそういうタイプで、手が抜けない。

「じゃあ、絶望的じゃねぇか！　これ、上手い負け方を考えたほうが早いレベルだ！」

「葵さんが戦いを楽しんでいるとなると、そうなりますね……」

「バトル漫画の主人公か、あいつは」

まさか、一番の友人が敵に回すとこんなに厄介だとは。

湊《みなと》は今さらながら、葉月葵という存在の大きさに驚いている。

「つーか、同じクラスなのに敵対しててどうすんだよ！　だいたい文化祭本番まで時間もないんだぞ！」

「それこそ、葵さんは時間がなくても根性でなんとかなると思っているのでは……」

「あ、ありえるな。あいつ、文化祭の準備期間まで楽しみすぎだろ」

これは、自分がなんとか葉月を説得するしかないかも――湊は考え込んでしまう。

パリピか英国か、この争いは傍観者でいるつもりだったが、そのあとのプロセスで自分を含めた男子全員が地獄を見る可能性がある。

そうなると――

「裏で動くしかないのか……」

「そういえば、湊くんはコソコソ小春《こはる》さんに会いに行って暗躍していたと聞きました」

「人聞きの悪い……」

葉月がそういう言い方をしたのだろう、と湊は察する。

「どうするかなあ……まさに本人が二つ上のフロアにいるんだし、直談判《じかだんぱん》するか？」

「そういう寝技的なことをやってもいいんでしょうか？」

「寝技ねぇ……」

堂々と教室でやり合うのではなく、それこそ裏でコソコソ話し合うことをそう表現しているらしい。

「護身術でなら寝技も使えますが、私は腹の探り合いみたいなことは苦手で……」

「たぶん葉月《はづき》も大の苦手だろうな」

陽キャである葉月は立ち技で勝負したがるだろう。

「うん、でも瀬里奈《せりな》が悩んでるのはよくわかった。別に瀬里奈は葉月と争いたいわけじゃないもんな」

「人生でケンカなんてしたことないくらいです。何事も穏やかにいきたいですね……」

瀬里奈は涙目になっているが、湊《みなと》もそれはどうにもできない。

「というか、俺もメイド瀬里奈に接客してもらいたいんだよな。ミニスカでもＯＫだ」

「私、お友達に続けて裏切られてます……？」

「裏切りだなんてそれも大げさだな」

ははは、と湊は笑う。

「あのミニスカメイド服、私には似合わないと思うんですよね」

「あ、そうだ。もしミニスカメイドになるなら、さすがに下になにかはいてくれよ」

「わ、わかってます。さすがに私も、あのミニ丈でなにもはかずに人前に出る勇気はありません……」

「というか、制服のそのスカートでもなあ。本当に大丈夫なのか？」

「今さら、変なことを気にされますね」

瀬里奈は、すくっと立ち上がった。

彼女のスカートは膝丈——正確に言うなら、膝より少し上くらいだ。

室宮《むろみや》高校の女子制服のスカートは、たいていもう少し短い。

「膝下とかじゃないと、危ないんじゃないか？」

「そこまで長い人はほとんどいませんから。校則違反ではありませんけど、逆に目立ってしまいます」

「瀬里奈、スカート丈なんて関係なく、おまえは目立ちすぎてるくらいだぞ」

「ええっ！　髪も黒いですし制服もきちんと着ていて、真面目すぎてつまらないと思っていましたが……」

「自己肯定感がここまで低いのも珍しいな」

瀬里奈がどういう育ち方をしたのか、湊は本気で不思議になってきた。

「やっぱりブルマを復活させたらどうだ？　俺と葉月と一緒にいるときだけ脱げばいいだろ。葉月のスパッツと同じで」

ちなみに瀬里奈のブルマは、湊が大事にこの部屋にしまってある。

クローゼットの奥、あまり着なくなった古い服の下だ。

人に見られると変態だと思われる可能性が高いので、やむなく隠していて、たまに取り出して観賞するだけで済ませている。

「よかったら、毎回ウチに来たら俺がブルマ脱がしてやってもいいし」

「ぬ、脱がしたいだけでは？」

「いや、できればブルマをちょっとズラしてはみパンを楽しんでから脱がしたい」

「具体的ですね！　ですが、ブルマはもう……大丈夫です、気をつけてますから」

瀬里奈《せりな》は立ったまま、スカートを軽く引っ張り上げてみせる。

白い太ももがあらわになっている。

「これくらいの短さなら階段とかでも気をつけないといけませんけど、私のスカートなら全然大丈夫です」

「そうか……」

「きゃっ！　み、見るんですか？」

「とりあえず、ちょっとだけ見せてくれ」

「そ、そうなりますよね……可愛いのはいてきてよかったです」

湊《みなと》は瀬里奈の前に座り込み、持ち上がっているスカートの中を覗き込む。

暗くて見づらいが、白のレースの下着がうっすらと見えている。

「やっぱ瀬里奈は白が似合うよなあ」

「いつも白ばかりで代わり映えしなくないですか？　葵《あおい》さんは黒が多いですけど、赤とかピンクとか、たまに白もはいてますよね」

「今日はピンクだったな。いや、今朝脱がす前におっぱい吸いすぎて、ちょっと濡《ぬ》れてたから、あとで黒にはき替えてたっけ」

「私も葵さんも、下着の数が増えましたよ……はき替える回数が増えましたから」

「わ、悪い。ただ、やっぱパンツ脱がすのは最後だもんなあ」

「ぬ、脱がさないこともよくありますよね……」

「やっぱパンツは常に視界に入っていてほしいだろ！」

「そういうものなんですか……？」

湊は黙って、力強く頷く。

「はいたままが最高だが、太ももとか足首に引っかけておくのもいいな」

「その三パターンが多いですよね……ちゃんと脱がされたこと、一度もないレベルかもしれません」

湊は瀬里奈と一線を越えてから、既に何度も頼んでヤらせてもらっている。

パンツの扱い一つ取っても、毎回変化をつけて楽しませてもらっているのだ。

もちろん、こんな話をしながらも湊は瀬里奈の白パンツを凝視したままだ。

清楚な美少女の清楚な白パンツはいくらでも眺めていられる。

何度もヤらせてもらったあとでも、パンツだけでいつまでも興奮できる——それが湊寿《とし》也《や》という男だった。

「ヤバい……真面目な話をするなら、今日はヤらせてもらわないつもりだったのに」

「え？　ヤ……しないんですか？」

「いや、俺もさすがに空気くらい読むぞ。瀬里奈《せりな》が真剣なのに、ヤらせてくれなんて言い出すのは酷《ひど》いだろ」

「湊《みなと》くんも、私たちに頼んでくるときは凄く真剣ですよ？」

「当たり前だろ。冗談で瀬里奈たちにヤらせてくれなんて頼んだことはない」

本気だからこそ、瀬里奈たちも応えてくれると思っている。

ヤるときも本気で、本気すぎて止まれず、例のアレを二個も三個も使ったり、使わずに三回も四回もヤったりしてしまうが。

「じゃ、じゃあちょっと……ちょっと二回くらいヤらせてもらっていいか？」

「ど、どうぞ……む、お口を使うのは回数に含まないんですよね？」

「そういや、まだ瀬里奈は口を使わせてもらった回数のほうが多いかも」

「では……早く追い抜いてくださいね……？」

瀬里奈は、ころんと湊のベッドに横になる。

膝丈スカートが大きくめくれ、白い下着がまたあらわになる。

「む、胸も使いますか？　葵《あおい》さんより小さくて使いにくいと思いますけど……」

瀬里奈は、ブレザーのボタンを外し、白ブラウスのボタンも外して白ブラジャーを露出させる。

細すぎる身体には似合わない、意外に大きなふくらみが現れて――

「そんな小さくないだろ、瀬里奈の胸。メイド服でも強調されちゃうんじゃないのか？」

「メイド服って、ご主人様が欲望を抱かないように地味なデザインでつくられた、という説もあるそうですよ……んっ」

瀬里奈は身体を起こして、ちゅっと湊にキスしてくる。

「へぇ、物知りだな。でも言われてみれば、普通のメイド服って地味ではあるよなあ」

逆に欲情を煽《あお》るように見えているのは、この国のオタク文化のせいなのかもしれない。

「でも、瀬里奈の胸はメイド服でも目立ちそうだ。クラスの女子の中じゃ大きいほうに入るだろ」

「そ、そうでしょうか。でも葵さんはGカップなんですよね。穂波《ほなみ》さんだって私よりは大きいですし……」

「あの二人は特殊だろ。それより、瀬里奈……胸も使わせてほしい」

「はい、どうぞ♡」

瀬里奈は顔を赤くしつつも、こくんと頷いた。

今日は真面目な話し合いに終始するつもりだったが――

これほどの美少女が同じ部屋にいて、頼めばヤらせてくれるのだ。

まず瀬里奈《せりな》にヤらせてもらって、この興奮を抑えないことには話を進められそうにない。

湊《みなと》は瀬里奈にキスして、舌を差し入れてかき回すようにして——

「んんっ……♡　実は今夜は泊まってくるって言ってあるんです……♡」

湊は頷き、瀬里奈のスカートを大きくめくり上げ、白いパンツに手をかけて——

ずるっと一気に引きずり下ろした。


「…………っ！」

湊は、ぱっと目を開けた。

ここ最近は特に、朝の目覚めがよくない。

疲れ切って寝てしまうので、体力が回復しきらないうちに目が覚めているらしい。

なぜ疲れているかといえば、もちろん葉月家《はづきけ》に泊まり込み、葉月に毎晩何回もヤらせてもらっているからだ。

いくら湊が元気な高校生でも、四回五回とヤっていてはさすがに疲労が蓄積していく。

とはいえ、起きたら朝に二回はヤらせてもらっているので、元気といえば元気ではある。

「しまった……！」

だが、今朝は少しばかり事情が違う。

湊が横を見ると――

「すー……すぅー……」

透き通るような白い肌に、整った顔立ち、長い黒髪。

瀬里奈瑠伽《るか》の寝顔が間近にあった。

「……だよな」

今朝はいつもと違ってぱっと目が覚めたのは、昨夜の記憶があるからだ。

瀬里奈が訪ねてきて相談に乗り、そのあと――

よくわからない流れで、またヤらせてもらってしまった。

しかも二回で済ませるつもりが、瀬里奈が本当にいくらでもヤらせてくれたので。

この華奢な身体と白い肌に夢中になり、貪るように楽しませてもらった。

当然のように三回四回と回数を重ねてしまい、そのうち眠くなって――

夜中に一度起きて、また一回ヤらせてもらったところまでは覚えている。

「父さんは……？」

湊はベッドを下りて、静かにドアを開けて廊下を歩く。

父親の部屋を見てみると――

「あれ？」

父の部屋には誰もいなかった。

念のためにベッドを見てみたところ、使われた形跡もない。

ついでにキッチンまで出てみたが、そこも同じく誰も使っていないようだ。

父が帰っていればコップくらいは使うはずだが――

「あ」

ふと、リビングのカレンダーを見ると。

今日明日の日付に〝出張〟と書き込まれていた。

「……なんだ、帰ってなかったのか」

父親は出張で、昨夜は帰っていなかったらしい。

いつもなら父も泊まりがけの出張の際は、さすがに息子に伝えるが、今は葉月家《はづきけ》に泊まり込んでいる。

わざわざ伝えるのが面倒だったのだろう。

湊《みなと》の父は、良くも悪くも完全放任なのだ。

とりあえず安心して、部屋に戻る。

ベッドの中に潜り込むと――

「ううん……」

湊に背中を向けていた瀬里奈《せりな》が、ごろりと寝返りを打ってこちらを向いた。

たゆん、とDカップのおっぱいが揺れる。

白いブラジャーは着けたままで、上にズラしている。

湊はパンツの脱がし方にもこだわりがあるが、ブラもあまりきちんと外さない。

今はもう、葉月も瀬里奈もいくらでも生おっぱいを見せてくれるが、ブラはブラで興奮するからだ。

できれば視覚的にブラを眺めつつ、おっぱいを揉んだり乳首を吸ったりしたい。

男子として、そこは譲れないところだ。

いつでもいくらでもGカップとDカップのおっぱいを楽しめるが、ブラを見るだけでも興奮が止まらない。

なんなら、白いブラウスからブラが透けているだけでもドキドキする。

湊は既に女子との体験をかなり重ねているが、数ヶ月前の未経験男子の頃からメンタルは大して変わっていない。

「ちょっと吸わせてもらうか……」

「んん……」

瀬里奈が小さく唸り、湊はその彼女の小さな乳首に舌を這わせて舐めてから、ちゅーちゅーと吸い上げる。

最後までヤらせてもらう前から瀬里奈の胸はたっぷり楽しませてもらっていたが、この薄ピンクの可愛い乳首は綺麗なままだ。

今も、時間さえ許せばいつまででもこれを吸っていたい。

「んっ……♡　んんっ……♡」

瀬里奈《せりな》が寝たまま、可愛い声を漏らしている。

それでもまだ、彼女は目を覚ます様子はない。

「昨夜は、瀬里奈がやたらと積極的だったもんなあ……」

べろべろと乳首を舐め回しながら、湊《みなと》は昨夜のことを思い出す。

湊はほとんどなにもせず、瀬里奈が積極的に動いてくれて、最初から最後まで楽しませてくれた。

葉月《はづき》はいつも恥ずかしがって、自分からは胸や口を使う程度だが、瀬里奈は違っている。

ベッドの中でも、空き教室でも、恥ずかしがりつつも湊を楽しませようとしてくれる。

正直、湊は瀬里奈の積極性には驚いている。

ありがたいし、清楚な瀬里奈の普段の姿とのギャップに興奮するので、止める理由はないが。

昨夜はかなり激しく動いてくれたので、瀬里奈のほうが疲れているらしい。

それで瀬里奈はまだ起きないし、楽をさせてもらった湊の寝覚めがいいのだろう。

「ふぅ……」

ひとまず満足いくまで瀬里奈の胸を楽しませてもらって。

湊は、再びむくりと起き上がった。

目が冴えてしまって、二度寝とはいかない。

まだ時間はあるが――

「あ」

湊は、ふと部屋の隅に置かれているバッグに気づいた。

瀬里奈が持ってきた〝着替え〟だ。

ずいぶん重たかったが、そんなに大量に着替えを詰め込んでいるのだろうか。

「みーなーとーくん、せーりーなーちゃん。あーそーぼ！」

「…………っ」

バッグのほうに近づこうとして、湊はばっと顔を上げた。

自室のドアのところに――制服姿の葉月が立っている。

「は、葉月？　お、おはよう……」

「はい、おはよう」

「……あおいさぁん……？」

「はい、葵《あおい》さんですよ。瑠伽《るか》もおはよう」

瀬里奈も遂《つい》に目が覚めたようで、ベッドの上で起き上がり、ぼんやりと葉月を眺めている。

その葉月はドアのところで腕組みし、壁にもたれた。

「はぁ……昨夜は帰ってこなかったから、こんなことだと思ったけど」

「あ」

そうだった、と湊《みなと》は今さら気づいた。

父にバレなかったか気にするあまり、葉月家《はづきけ》に帰らなかったことをうっかり忘れていた。

「昨夜は葵《あおい》ちゃん、家でモモと二人きりですよ。はー、モモが寂しそうだったなあ」

「モ、モモは俺がいなくても気にしないだろ」

寂しかったのは葉月だろうが、湊もそこまで具体的なツッコミは入れられない。

今、この場の主導権を握っているのは葉月だ。

「わ、悪かった。つい、瀬里奈《せりな》と話をしてるうちに」

「話だけしてたようには見えないけど？」

「私、ちょっと……シャワー浴びてきますぅ……」

瀬里奈は立ち上がると、上はブラジャー、下は制服のスカートのままでふらふらと歩き出した。

まだ寝ぼけているようだが……。

「ふーん、またあたしをハブにして瑠伽《るか》と二人でお楽しみだったわけだ？」

「い、いや、マジで相談に乗ってて！　それでちょっとまあ……その……」

「まー、あたしも湊に家に泊まってもらって、毎晩一緒に遊んでるんだから、たまには瑠

伽に貸してやってもいいんだけどさ」

「俺、レンタルされてんのか」

葉月《はづき》や瀬里奈《せりな》のような美少女に借りてもらいたい男なら、山ほどいるだろうが。

「つーか、おまえなんでここに？」

「瑠伽《るか》が泊まったなら、おじさんはいないんでしょ。だったら、あたしが来ても問題ないじゃん」

「……そりゃそうか」

葉月は、湊家《みなとけ》の合鍵を持っている。

以前は、葉月が毎朝のように湊家に来ていたので、いちいち湊が自分で鍵を開けるのが面倒になり、合鍵を渡したのだ。

「別にぃ、あたしは怒ってないよぉ？」

「その粘りつくような口調はなんだよ？」

明らかにご機嫌斜めな葉月だった。

寂しがり屋で一人で家にいられない彼女が、あっさり自分を放置した湊を簡単に許すとは思えない。

「いや、ごめん……今度からは気をつける」

「ふーん。うん、いいよ。瑠伽の相談に乗ってたっていうのもマジなんだろうし」

葉月は腕組みを解いて、湊のそばに歩いてきた。

それから、湊の首筋に顔を寄せてくる。

「な、なんだ？」

「あんたもシャワー浴びてきたら？　すっごい瑠伽の——女の子の匂い、するから」

「えっ！」

「するに決まってんでしょ。一晩中ヤってて、同じベッドで寝てたんだから」

「そ、そうか」

瀬里奈が積極的だったので、昨夜はひときわ強く絡み合っていた。

彼女の甘い香りが染みついていても不思議はない。

「あの、すみません……」

「わっ」

そのとき、部屋のドアのところに今度は瀬里奈が現れた。

髪が湿っていて、バスタオルを華奢な身体に巻きつけている。

「寝ぼけて着替えを持っていくのを忘れてまして……すみません、湊くん。バスタオルをお借りしました」

「ああ、それは全然いい。ちゃんと洗濯もしてるからな、そのバスタオル」

湊は、ほのかに上気した瀬里奈の肌を見てごくりと唾を呑み込んでしまう。

バスタオルを巻き、胸の谷間と太ももを見せている格好は新鮮でかなりエロい。

「ああ、瑠伽《るか》、このカバン？　さーあ、瑠伽ちゃんはどんなエッチなパンツを持ってきたのかなあ？」

「あっ、葵《あおい》さん、待ってください……！」

「いいじゃん、女子同士なんだし、着替えくらい見てもいいでしょ」

葉月《はづき》はニヤリと笑って、バッグを開いた。

陽キャの葉月には、友達のカバンの中身を見るくらいはじゃれ合いの範囲なのだろう。

湊《みなと》は苦笑しつつ、特に止めない。

湊も友達にカバンの中を見せるくらいは、どうとも思わない。

「なに、エプロン？　それに黒ワンピに……え、これってメイド服？　瑠伽、また持ってきたの？」

「そ、そうなんですが……」

瀬里奈《せりな》は恥ずかしいのか、湊の部屋に入ってこようとしない。

さんざん裸を見せておいて、バスタオル姿で照れることもないと思うが——瀬里奈の感覚はやはり独特だ。

「あれ、なんか本もいっぱい……なに、このファイル？」

葉月が、バッグからいろいろと取り出し始める。

この前も瀬里奈が着ていたクラシックなメイド服。

それに――

「『英国メイドの歴史と伝統』『イギリス貴族社会の風俗について』『写真でわかるメイドの真実』『十九世紀ヴィクトリア朝のメイドたち』……どれも高そうな本だね」

「そ、それは……すみません」

「なんで謝ってんの、瑠伽」

葉月が取り出したのは、立派な装丁の分厚い本や雑誌が数冊。

さらに、厚めのファイルも三冊ほど出てきた。

「こっち……見ていい、瑠伽？」

「え、ええ」

葉月がファイルをぺらぺらとめくっていく。

湊のところからも、ファイルの中身が見えた。

「ふぅーん……よく集めたじゃん、瑠伽」

「い、いえ、最近集めたものではなく……実は少しずつ集めてファイリングしてたものなんです……」

瀬里奈の声は、なんだか消え入りそうだ。

もちろんまだ全裸にバスタオルを巻いただけの格好だが、本人もそのことを忘れているのではないか。

「いいコレクションじゃん。ふーん」

ファイリングされているのは、おそらくネットで集めたらしき画像がプリントされたものだった。

大半がメイドや洋館の写真で、中にはメイド服の構造などを図解した画像などもある。手書き文字の書き込みもあちこちにあり、大変な達筆だった。

「メイド服の構造とか、メイドの作法とか、自分で調べて補足してんの？」

「え、ええ……ネットの情報でわからないところがあると紙の資料で調べて、書き込んでおいたり……すみません」

「だから、別に謝ることじゃないじゃん」

葉月《はづき》は苦笑して、ファイルをぱたんと閉じた。

「めちゃめちゃ詳しく調べてあるね。全然知らなかった、瑠伽《るか》ってメイドが、か、か、好きだ、ったわけ？」

「メイドが好きというか……前に海外ドラマで英国の貴族社会を描いたものを観たことがありまして、そのときにハマってしまっていろいろ調べたんです……」

瀬里奈《せりな》は真っ赤になって、うつむいてしまっている。

ミーハーだと思われるのが恥ずかしいのかもしれない。

「別に恥ずかしがることでもないじゃん。なんか、瑠伽には似合うし。どっちかというと、メイドというよりお嬢様のほうが似合いそうではあるけど」

「そ、そんな……でも使用人のほうがドラマが濃厚で面白かったんです……くしゅっ」

「あっ、ごめん。えーと……ああ、下着ってこれ？　制服も着るんでしょ？」

葉月はバッグの中を漁って下着が入っているらしいビニールの袋を取り出し、さらに湊《みなと》が脱がして散らかしたままにしていた制服も集めて、瀬里奈に渡した。

「もう寒いんだし、そんな格好じゃ風邪引くよね」

「は、はい、ちょっと服を着てきます」

瀬里奈は制服と下着を受け取ると、ぱたぱたと廊下を小走りに戻っていった。

「……瑠伽に悪いことしたかな」

「もしかすると、その資料とか、俺か葉月に見せるつもりだったのかも」

湊が見た限りでは、瀬里奈は葉月がカバンの中身を漁るところをさほど強く止めたわけではなかった。

見られても仕方ない、というような——そんな態度に見えた。

「瑠伽、しれっとしてたけど、けっこうメイド喫茶は乗り気だったわけね。このコレクション見る限り、相当メイドに憧れてんじゃん」

「そういや、前にメイドの話をしてたとき、様子が変だったことがあったな」

「割とデフォで様子が変だから、あたしも湊《みなと》もスルーしちゃってたね」

「あのな……でも、嫌がってるようにも見えたのにな。あれって、フリだったのか」

「こっちが惑わされちゃってたね。やるじゃん、瑠伽《るか》」

葉月《はづき》は本気で感心しているようだ。

「あの子ってさあ、なかなか本心見せないよね」

「……そうみたいだな」

「湊なんて、本心見せっぱなしなのにね」

「………そうだな」

なかなか斬れ味の鋭い皮肉だった。

「さあ、どうしようか、湊？　瑠伽の友達のあたしたちとしては」

「まずは、本心を聞かせてもらうところからだな」

「それはあんたに任せるわ。でもさあ、あたしちょっと……」

葉月は、また腕組みして──

「ちょっとさ、瑠伽に怒ってんのよね」

「……え？」

8 三番目とゼロ番目の女友達は困ってる

Onna Tomodachi ha Tanomeba Igai to Yarasete kureru

授業は何事もなく終わり、放課後――

「ど、どうすんのぉ、みなっち！」

「俺に言われても……」

教室でも空き教室でもなく、校舎の隅。

廊下の奥、並べられた椅子で塞がれた先にぽっかりと空いた空間があった。

湊はこんな場所を知らなかったが、ギャルたちのたまり場になっているらしい。

「とか言いながら、パンツ見てる場合じゃないよ！」

「パンツを見たくない場合、なんてこの世にないだろ？」

「それもそうか……男子だもんねぇ」

穂波麦《ほなみむぎ》は納得してくれたらしい。

湊の前で、穂波が背中を向け、ミニスカートをめくり上げてくれている。

今日のパンツは黒で、褐色の肌にも意外に黒がよく似合う。

「というか、なんなんだ、ここ？　椅子がバリケードみたいになってたけど、乗り越えてきてよかったのか？」

「知んない。何年も前から一部の女子生徒がここでダべったりしてたんだって。今、使ってんのは麦《むぎ》とサラくらいだけど」

「泉《いずみ》さん？　葉月《はづき》は使ってないのか」

「葵《あおい》はこんな寂しい場所、来たがらないからねぇ」

「それもそうか……」

葉月は校内では常に教室のど真ん中のような、目立つ場所にいる。

こんなところでコソコソするのは葉月には似合わない。

瀬里奈《せりな》と違い、学校で湊《みなと》にあまりヤらせてくれないのも、隠れるようなマネを好まないからだろう。

「他の生徒もたまに来てたけど、いつの間にか全然来なくなったねぇ」

「なるほど……」

穂波《ほなみ》麦は金髪に褐色肌、泉サラは同じく金髪の派手なタイプで、葉月のギャルグループでも特に目立つ女子たちだ。

特に怖くはなく、むしろフレンドリーな二人だが、彼女たちをよく知らない生徒たちが見れば近寄りがたいのかもしれない。

　そもそも、湊自身が穂波に苦手意識があったくらいだった。

「だから、パンツ見せてても大丈夫……って、場所の問題かなぁ？」

「まあ、見るのが俺だけなら特に問題はないかな」

「みなっち、けっこう独占欲強いよねぇ……」

「穂波にパンツ見せてもらえるようになって、余計にこれは他のヤツには見せたくなくなったな」

　穂波麦のパンツと、今は尻まで見せてもらっている。

　形がよく、ぷりんとしていてすべすべの尻も褐色で、白はもちろん黒のパンツもよく似合う。

　このエロすぎるパンツと尻を他の男子に見せるなど、絶対にできない。

「麦もみなっち以外に見せる気はないけどぉ……きゃんっ、こら、お尻触っていいとは言ってないよぉ！」

「あ、悪い。つい……」

　湊は黒パンツの上から、つい尻に触ってしまっていた。

　やはり想像どおりに柔らかく、手がめり込みそうなほどだ。

「い、いいけどぉ。というか、よく今まで触らずに我慢したよねぇ。最初にパンツ見せたときに、あちこち撫で回されるかと思ってたよぉ」

「あのときから、撫で回してもよかったのか……！」

「普通、見るだけで終わりとは思わないよぉ。もっとがっついてくるかと」

「いや、頼んでOKもらってないのに触るわけにはいかんだろ」

「今まさにそれをしなかったっけ？」

「わ、悪い……じゃああらためて、穂波《ほなみ》の尻を触らせてくれ！」

「めっちゃがっついてくるじゃん！」

穂波は顔を真っ赤にして、背中を見せたまま顔だけ湊《みなと》のほうを向いている。

「あんっ♡　もう、さっそくぅ……♡　ちょっ、触り方、いやらしすぎ……ああんっ♡」

「葉月《はづき》や瀬里奈《せりな》の尻よりちょっと大きくて、触り心地いいな……」

「おいこら、女子のお尻が大きいとか言うな」

穂波に、ぎろりと睨まれてしまう。

「す、すまん。つい……」

「ん？　みなっち、るかっちのお尻はともかく、葵《あおい》のお尻まで——って、そっか。あいつ、けっこうスパッツはいたまま動き回るもんね。みなっち、葵とよくスポッティとか行ってるんだっけ。スパッツ姿見てれば、お尻の大きさもわかるか」

「そ、そうそう」

頭の回転が速い穂波は、一瞬のうちに想像をはたらかせたようだ。

ごまかさずに済んだのはありがたいが、後ろめたくもある——

湊はまだ、葉月にも頼み込んでエロいことをヤらせてもらっていると、穂波には明かしていない。

瀬里奈に「穂波さんとの遊びのことは内緒に」と言われ、その約束も守っている。

確かに、湊としても葉月と距離が近い穂波に迂闊なことは言いたくない。

どうもたまに、浮気でもしているような感覚になってしまうが……。

別に湊は葉月と付き合っているわけではないし、瀬里奈に関しても同様だ。

それに穂波とは、こうしてたまにパンツを見せてもらい、尻を触らせてもらうっているだけの、清い関係のままなのだ。

「ふぅ……とりあえず、楽しかったな」

「ずいぶんとまあ、心行くまで楽しんでくれたねぇ……」

穂波はさすがに恥ずかしそうにして、スカート越しに尻を押さえている。

それから、ぺたりと床に座り込む。

「そういや、配信はどうなった？　また手伝えることがあったらいくらでも手伝うが」

「そりゃ、えっちな写真撮るならいくらでも手伝えるだろうねぇ」

じぃーっと穂波はジト目で睨んでくる。

「たださぁ……みなっちに撮ってもらった写真、えっちすぎて未成年があんな写真アップしたらヤバい気がする。ていうか、一〇〇パーヤバい」

「それは盲点だったな……」

「いやいや、全然盲点じゃないよ！　撮ってるときに気づけよぉ！」

「無理な相談だな。穂波《ほなみ》のエロい姿を見てるときに脳が動いてるわけがない」

「ほ、本能だけで動いてんの？　男子って凄い……っていうか、みなっちが凄いの？」

「さあ……？」

ただ、男子高校生などそんなものだろうと湊《みなと》は思っている。

自分は特別に、女友達に恵まれているだけだとも。

「さすがにお縄にかかるのは勘弁だよぉ。まあ、ヤバすぎない写真だけ厳選してこっそりアップしようかなぁ。今んとこ、ＳＮＳのアカは仲良い友達にしか教えてないしぃ」

「それでも、多少気をつけたほうがいいけどな」

ネットに上げた写真はどこから外に漏れるかわからない。

「大丈夫、葵《あおい》とかマジで仲良い子たちしか知らないアカだから――って、そうだ！　パンツ見てる場合じゃないってば、みなっち！」

「わかってるよ」

「わかってるくせにじっと見た上にお触りとか……まあ、いいけど」

「いいんかい」

穂波も湊との遊びをすっかり楽しんでいるらしい。

「そうじゃなくて、ヤバヤバじゃん？」

「うーん……」

正直言って、湊が穂波のパンツと尻を楽しませてもらったのは現実逃避だった。

ひとまず現実逃避でもしないと、頭を切り替えられない。

「ちょっとシャレになってなかったよな……」

「葵とえなっちが仲直りしたと思ったらぁ……今度は葵とるかっちが冷戦中なの？　次から次へとって感じだねぇ」

「うん……すまない。今回は、俺にも責任があるな」

湊も穂波の前に座り込み、深々と頭を下げる。

そう、今日一日は――葉月《はづき》葵と瀬里奈《せりな》瑠伽《るか》が、大変に緊迫した空気を漂わせていた。

「別に、みなっちのせいとは言わないけどさぁ」

「いや、俺がさっさと二人を仲直りさせときゃよかったんだ。これは時間が経つと意地になるパターンだな……」

「おかしいねぇ、葵はさっぱりしてるし、るかっちは根に持つタイプでもないのに」

「まずいよなあ……」

二人とも少しも建設的な意見を出せず、ボヤキしか出てこない。

葉月葵《はづきあおい》は、教室では今朝からずっと不機嫌で――

瀬里奈《せりな》はその葉月の顔色を窺《うかが》い、湊《みなと》が見た限りでは一言も口を利いていない。

「いつの間にか、瀬里奈のほうまで不機嫌そうになってたからな」

「あるあるだねぇ。『自分はなにも悪くないのに、なんで怒ってんの？』みたいな。悪いループだよねぇ」

「瀬里奈がビクビクしてるだけなら、葉月をなだめて解決できたかもしれないが」

「そもそも、葵はなんで怒ってんの？」

「俺もわからん」

「えぇっ！　みなっちがわからんかったら、誰もわからんよぉ！」

穂波《ほなみ》が情けない顔をする。

「いやいや、最近は穂波も葉月と腹を割って話ができるようになったんだろ？　同性のほうが話を聞き出しやすいんじゃ……穂波たちに押しつけるわけじゃないが」

「押しつけようとしてね？　うーん、葵って怒ると怖いんだよねぇ……」

「あいつ、穂波たちの前で怒ることあんのか？」

そういえば、最初に葉月のスカートをめくってパンツを見たときは頬をふくらませて怒っていたな、と湊は思い出す。

「買い物してるときとか、アホなナンパ男が寄ってきたらガチ凄いよ」

「す、凄い？」

「ちっ、て舌打ちして完全無視。それでも寄ってきたら、『どっか行けよ！』って怒鳴りつけるからね」

「あいつ、そういうトコあるのか……」

葉月は元気がいいし、声もよく通る。

湊と遊んでいるときも大声を上げて騒ぐことはよくあるが、人に怒鳴っているところはまだ見たことがない。

いくら友人でも、まだ湊が知らない葉月の一面が存在するようだ。

「まあ、葵のおかげで麦《むぎ》たちもウザいナンパをかわせるんだけどぉ」

「そりゃ、葉月グループはナンパ野郎がよく寄ってくるだろうな」

葉月はもちろん、穂波やその親友の泉《いずみ》、他の女子たちも美人揃いだ。

リーダーの葉月が、みずから彼女たちを守っていたとは。

「葉月って友達思いなのは間違いないよな」

「うん！」

ずいっ、と穂波が身を乗り出してくる。

その勢いで、Ｅカップの大きな胸がぷるるるんっと揺れる。

「ちょい前まで麦たちとちょっと距離を置いてたけど、それでも麦たちとの付き合いを大事にしてくれてんだなーっていうのは気づいてたから」

「友達思いか……」

湊《みなと》はアゴに手を当てて考え込む。

自分で言ったことだが、葉月《はづき》は相当な友達思いだ。

だからこそ、湊の頼み事にも応じてヤらせてくれているのだろうし。

小春恵那《こはるえな》と疎遠になったあとも、彼女との関係に失敗したことをズルズルと引きずり、高校での友人関係にも影を落としていた。

「だからこそ……葉月も、ちょっと変かもしれないな」

「へ？　なんで？」

「友達思いの葉月にしちゃ、自分らの要望を強引に通そうとするのがな。あいつなら、瀬《せ》里奈《りな》の味方に回ってもおかしくないような？」

「はぁ、なるほど。みなっちも頭いいじゃん。葵《あおい》は負けず嫌いだけど、相手がるかっちなのに、バトル展開に持ってくのはちょいおかしいかも。怒ってる理由と対立してる理由は別とかさぁ」

「……穂波《ほなみ》、やっぱ頭いいな」

なるほど、と湊のほうも穂波の頭の回転に感心する。

その二つの理由を分けて考えれば、湊もこの状況を理解できるかもしれない。

「そうか、葉月がなんで怒ってるのかなんて、そんな難しいことでもないのかも」

「マジでぇ？　理由がわかれば、もう解決したも同然？」

「いや、全然？　そこからがスタートだろ」

「もう｜、みなっち期待させといて！」

穂波はさらに身を乗り出して、あぐらをかいた湊の太ももに両手を置いてくる。

「いいから、解決して！　メイド喫茶のこともまだ全然進んでないし！　もし、みなっちが上手く解決してくれたら——も、もうちょっとくらい、えっちなこともヤらせてあげるから！」

「もうちょっとだけなのか!?」

「どこまでヤらせてもらうつもりだったぁ!?」

「いや……もっと凄くえっちなことを普通にお願いしようかと思ってたんだが」

「……文化祭が終わったらね。無事に」

穂波は呆れ、顔を赤くしながらもこくこくと頷いた。

半分冗談だったが、本当にヤらせてくれるらしい。

パンツを見せてもらい、尻を軽く触ったあとは——段階的には〝胸〟だろうが、それ以上のこともできるのだろうか。

湊は期待しつつも。

無事に、というのは難しそうだと予感を覚えていた。

文化祭本番までは時間がない。

本番が近づいてから準備を始めるので、時間がないのは当然だ。

湊《みなと》は一人で帰路をたどっている。

穂波《ほなみ》は用事ができたというので（遊びらしいが）、さっさとどこかへ行ってしまった。

葉月《はづき》も瀬里奈《せりな》も見当たらなかったので、今日は一人寂しく帰っているわけだ。

だが、今はちょうどいいかもしれない。

一人のほうが考えをまとめやすい。

文化祭本番まで、あと二週間もない。

他のクラスの様子を見たところ、既に出し物の具体的な作業を始めている。

メイド喫茶は最悪、メイドさえいればいい。

メニューは紅茶とコーヒーのホットとアイス。

フードについては、シンプルなパウンドケーキと二種類のクッキーを用意することが決まっている。

どちらにせよ、飲み物も食べ物も凝ったものなどつくりようがない。

ここまではいいのだが――

実際、パリピ風と英国風では店の雰囲気がまるで違ってくる。

正直に言えば、湊はどちらでもいい。

おそらく、男子の大半も同意見だろう。

女子たちにはこだわりがあるようだが、実際にメイドとして店に出るのは彼女たちなのだから、それは当然だ。

「はっきり言ってウチのクラス、女子のほうが強いからなあ……」

クラスどころか校内でも有名な葉月グループがいるのだから、これも当然といえば当然。

瀬里奈も美少女として知られている上に、成績は学年でトップクラス。

他にも実は優等生や、可愛い子が多い。

逆に、クラスの陽キャ男子はわずかで、ほとんどが湊のような凡人や陰キャばかり。

男子がなにをやっても、女子たちの揉め事を解決できるはずもない――

「おーい、寿也《としや》！」

「わっ」

ドン、と急に背中を叩かれて湊はつんのめりそうになる。

「び、びっくりした……なんだ、梓《あずさ》か」

「すっごい失礼。私、これでも寿也のファースト女友達なのに」

「ファーストって」

湊《みなと》の後ろに立っているのは、梓琴音《あずさことね》。

セミロングの茶髪で、身長は小さくもなく大きくもなく。

胸はそこそこあるが、葉月《はづき》や穂波《ほなみ》のような巨乳でもない。

顔はやや幼く、ちょっとロリ系——というのは本人の弁だ。

「それともゼロ番目かな。本格的な女友達は、葉月さんが最初？」

「ゼロとかファーストは別にいいが……いろいろヤらせてくれる女友達としては、葉月が一番目ではある。

穂波は四人目かと思っていたが、実は三人目——いや、それもいいとして。

「つーか、梓、家はこっちじゃないだろ？」

「いやなんか、寿也《としや》が肩落としてトボトボ歩いてるから、ちょっとあとをつけてきて」

「尾行されてたのかよ」

それも驚きだが、自分がまったく気づかなかったことはもっと驚きだ。

湊は別に鋭くない——どちらかというと鈍いが、梓も尾行など得意ではないだろう。

「そうだよ、モン友《とも》に新シナリオ来たから今日はじっくり遊ぶつもりだったのに」

「おまえ、まだモン友やってたのか」

「エンジョイ勢だけどね。ゆるゆるやってます」

モン友とは〝モンスターフレンズ〟というソシャゲの略称だ。

湊にとっては、苦い思い出にも繋がるゲームで、以前は遊んでいたが、とっくにスマホから削除してしまっている。

「なのにさあ、友達の恋愛相談に巻き込まれるわ、先生の手伝いやらされるわで、やっと帰れると思ったら、今度は寿也の背中が泣いてたもんだから」

「泣いてはいないだろ」

梓は人がいいので、頼み事をされやすいのだろう。

おまけに、友達が困っていたら放っておけないらしい。

「ただ、アレだよ。メイド喫茶の件」

「あー、アレね。もう寿也がなんとかするしかないんじゃない？」

「梓も俺に投げてくるのかよ」

「というか、なんとかしたいから悩んでんじゃないの？」

「まあ、そうなんだが……なんともならんというのが結論なんだよな」

「なんとかしないと、文化祭の日は容赦なくやってくるんだからね？」

「嫌な現実を押しつけてくるなあ……」

まったくもって、梓の言うとおりではあった。

湊が動いても動かなくても文化祭の日は来る――

「ちなみに梓《あずさ》は、どっち側だ？　最初の話し合いのときはどっちでもなさそうだったが」

「ガチで言うなら、どっちでもないけど、今んトコお嬢様派かなあ。おとなしめの子たちは、みんなそっちだね」

「お嬢様派……」

湊《みなと》は英国派と呼んでいるが、いろいろな名称がついているのかもしれない。

「私はどっちでもいいけど、決めなきゃいけないからね」

「このまま文化祭当日を迎えるわけにはいかないよな」

「葉月《はづき》さんも瀬里奈《せりな》さんも寿也《としや》の友達なんでしょ？　なにもできなくても、話くらい聞いてあげたら？」

「ド正論だな」

梓も、葉月と瀬里奈が本当に対立しつつあることは察しているだろう。

湊は葉月と瀬里奈が元から仲が良かったと知らなかったが、最近は教室で二人が話していることも多い。

その葉月と瀬里奈が今日は会話すらなく、緊迫感を漂わせていたことは——

梓のように普段は二人から遠い生徒でも気づいたはずだ。

「まあでも、ケンカくらいしないと友達じゃないからね」

「ケンカしないに越したことはないんじゃないか？」

「私と寿也《としや》だってケンカしてたけど、今は前よりもっと仲良くなってない？」

「……ケンカしたわけじゃないだろ。俺が勝手に梓《あずさ》を避けていただけで」

湊《みなと》は友達だった梓に告白し、あっさりとフラれて——

友人との関係まで失ってしまった——失ったと思い込んでいた。

梓のほうは、関係修復の機会を待っていたらしい。

「寿也はなんか知らんけど、女友達と上手くやれるみたいだから、大丈夫じゃない？」

「さらっと言ってくれるなあ」

「ウチのクラスはみんな、寿也に期待してるから、ぶっちゃけ」

「だからそれ、期待じゃなくて丸投げって言わないか⁉」

穂波《ほなみ》もそうだったが、梓に加えてクラスメイトが一丸になって湊に期待しているらしい。

成績も運動も平凡、性格も普通、凡人の俺に責任を押しつけすぎだろ。

湊はそう思いつつも、逃げられないこともわかっていた。

「たかが文化祭、たかがメイド喫茶——人から見たらそうかもしんないけど、私たちには人生で一回しかない高一の文化祭だからね。大事なことだよ」

「……まあ、メイド喫茶なんてやるのはこれが最初で最後かもな。あれ、これは葉月《はづき》が言ったんだったたか」

「あー、葉月さんには特にイベントは大事なんだろうね。文化祭は、クラスの友達みんなで楽しむイベントなんだし」

「そうだな……」

葉月、瀬里奈《せりな》、穂波、梓——

彼女たちがいるクラスで一緒になって挑めるイベントなど、もう十一月になった今、残り少ない。

残されたイベントの中でも、文化祭が最大のものなのだ。

「だから頑張って、寿也。失敗しても、クラスで五番目に可愛い私が慰めてあげるから」

「おまえ、五番目扱いを根に持ってないか？」

「まさか。五番目って盛りすぎだとガチで思ってるし」

ニヤッと梓は笑う。

湊は、葉月、瀬里奈、穂波、穂波の友人の泉《いずみ》サラの顔を思い浮かべ——梓が五番目というのは意外と的確な数字かもしれないなどと失礼なことを考える。

「慰めてくれるって、なんかお願いしてもいいのか？」

「いいよ？　私にしてほしいことあるの？」

「いや……」

さすがにパンツを見せてくれとか、胸を吸わせてくれとか、口を使わせてくれとか、そんなことは梓には頼めない。

今のところは。

「あ、私はちょっとお願いがあるんだよね。モン友の攻略で迷ってることあってさあ」

「……俺、モン友しばらくやってないんだが」

「ゲーマーの寿也《としや》なら、私より経験豊富でしょ」

「…………」

今のところ、梓《あずさ》が一番気楽に付き合える友達になったのかもしれない。

いや、それではダメだ。

葉月《はづき》と瀬里奈《せりな》、二人との気楽な関係を取り戻さなければ——

「ああ、おかえり、湊《みなと》」

「おかえりなさい、湊くん」

「…………」

さっきの決意が揺らぎそうになるのを、湊は感じた。

二人との関係を取り戻したいが、まだ心の準備ができていない。

葉月家のリビングに入ると、そこには制服姿の葉月と瀬里奈が向き合って立っていた。

二人から放たれる圧が、エゲつない。

「せ、瀬里奈。なんでここにいるんだ？」

「荷物を湊くんの家に置きっぱなしでしたから、取りにきたんです」

「あ、ああ、なるほど」

なんでこいつら、座らずに立ってるんだ？

湊はツッコミたかったが、迂闊なことは言えない雰囲気だった。

逃げればよかったとも思うものの、さすがに友達二人を置いて一人だけ消えるわけにもいかない。

「ですが、私は湊くんの家の鍵は持ってないので……エントランスでどうするか迷っていたら、葵《あおい》さんが帰ってきたので……」

「あたしの合鍵で湊ん家《ち》を開けてあげてもよかったんだけど、勝手に人を連れて入るのも悪いじゃん。湊もすぐ帰ってくるだろうし」

嘘つけ、おまえ俺がいなくても合鍵で好きに入ってるだろ。

そんなツッコミも、湊にはできなかった。

いや、怯んでいる場合でもない——

「ちょっと待て、おまえら。とりあえず座ったらどうだ？」

「それもそうね。あたしん家なんだし」

「では失礼します」

葉月《はづき》はソファに脚を組んで座り、瀬里奈《せりな》は床に正座する。

並んで座ればいいのに、と湊《みなと》はまた怯みそうになる。

「よし、はっきりさせよう。おまえら、なんでケンカしてんだよ？」

「一気に斬り込んでくるじゃん、湊」

「いえ、別にケンカをしているわけでは……」

二人ともそれぞれ違った反応を見せている。

どちらの反応も、彼女たちらしいと言えばそうとも言える。

「じゃあ、葉月。おまえからだ」

「なに、聞き込み？　尋問？　それとも……拷問？」

「友達に拷問なんかするか！」

湊はソファにも床にも座りにくいので、立ったまま話すことにする。

「瀬里奈がメイドの研究をしてたのは、別に悪いことじゃないだろ。なんで葉月が怒るんだよ？」

「研究してたことで怒ってるわけじゃないよ。そんなのは、瑠伽《るか》の自由だし」

「そりゃそうだ。いやだから、だったらなんで不機嫌に――」

「お、怒ってるんですか、葵《あおい》さん？　あの……だったら……」

瀬里奈は、困ったような顔をして葉月を見上げている。

意外なことに、瀬里奈は葉月が怒っているかわかっていなかったらしい。

「怒ってるのは間違いないね。というか、瑠伽も怒ってんじゃないの？」

「私は別に……ただ、どうしていいかわからなくて。葵さんが、全然目も合わせてくれませんし……」

「…………」

なるほど、と湊は納得する。

瀬里奈は人に対して怒りをあらわにするタイプではない。

その割に今日はピリピリしていたが、どうやら自分の態度を決めかねていたようだ。

いつもの愛想のいい微笑みを見せる余裕がなかったので、怒っているようにも見えてしまった——というところか。

「ああ、あたしも態度悪かったね。そういうのはよくない。理由も説明せずに怒ってみせるとか、ただの面倒《めんどう》くさい女だよね」

「まあ、葉月は元からちょっと面倒くさ——」

「なに⁉」

「な、なんでもありません！」

湊は、葉月にギロリと睨まれて、思わず姿勢を正してしまう。

葉月は、湊を知ったきっかけのモモ脱走事件を隠していた。

小春恵那《こはるえな》とのトラブルから始まった、友人関係への恐れもずっと誰にも言わずにきた。

あけっぴろげな性格に見せておいて、実は真逆な性質も持ち合わせていた——

そんな秘密をずっと隠していたのだから、面倒と言っても過言ではないだろう。

「あの、葵《あおい》さん。私は本当に葵さんとケンカするつもりはありません。そもそも、メイド喫茶の件もクラスのみなさんにご迷惑をかける気はなくて。ですから、葵さんたちがやりたいようにやっていいと思います。英国風に賛成しているみなさんは、私がなんとかお願いして引き下がってもらえるように——」

「そこよ！」

葉月《はづき》は、ビシッと人差し指を瀬里奈《せりな》に向けた。

「……葵さん、人を指差すのはお行儀がよくないですよ？」

そこでそのツッコミできるのガチすげぇ。

湊《みなと》は、瀬里奈の度胸に感心してしまう。

「それはもっともね。ごめん」

だが、葉月も意外に素直に頷いて手を下げた。

「けど、そこよ」

「ど、どこでしょう？」

「メイド喫茶とか研究してたとか、そんなことはどうでもいいの！　どうでもよくはないけどさあ！」

「どっちなんだよ」

　さっきから湊は、葉月が言いたいことが摑めない。

　瀬里奈も同様のようで、頭の周りに？マークが飛び交っているかのようだ。

「瑠伽《るか》、あんたのそういう態度が気に入らないの！」

「わ、私の……態度？」

　葉月がソファで偉そうに脚を組み、瀬里奈が床に正座しているので、まるで瀬里奈が説教されているように見える。

　実際、葉月が瀬里奈を糾弾《きゅうだん》している――のだろうか。

　葉月は気を鎮めようとしたのか、ふぅっと小さく息をついて。

「瑠伽……あんた、あのメイド喫茶の資料とか、ずいぶん前から集めてたんでしょ？」

「……鋭いですね、葵さん」

「あたしも気に入った雑誌とか読み込むから。ページの端がヨレたりするんだよね」

「…………」

　言われてみれば、と思い出す。

　湊は葉月の部屋にも何度も入っているが、ファッション雑誌などが床に積んである。

　さすがは陽キャ、流行の研究に余念がない――と思った記憶があった。

「あの雑誌の何冊かは、同じようになってたからね。文化祭の話が始まってから買い込んだんじゃないでしょ？　海外のメイドドラマにハマったのって、何年も前よね？」

「まあ……そうです」

瀬里奈《せりな》は、こくりと頷いた。

「もし最近買い込んだものでも、あれだけ読み込むのは好きでもなきゃ無理よね」

「は、はい……最近買ったものではありませんが、読み込んでいるのは確かです」

瀬里奈は、こくこくと何度も頷く。

「瑠伽《るか》って、武家屋敷みたいなお家に住んでるんだったよね？」

「え？　そ、そんなたいしたものではないですが――古い家なのはそのとおりです」

「だから、英国風のお屋敷に憧れてるとか？　これはただの想像だけどさ」

「うっ……ほ、本当に鋭いですね……まさかそこまで読まれているなんて……」

「あんた、あたしを馬鹿にしてる？」

「い、いいえっ」

瀬里奈は慌てて首を振る。

だが、葉月《はづき》の推察は図星だったらしい。

瀬里奈瑠伽は黒髪ロングが似合う、いかにも大和撫子《やまとなでしこ》なお嬢様。

実家も古風な平屋のお屋敷で、おそらく生活スタイルも和風なのだろう。

逆に、西洋風の暮らしに憧れている──いかにもありそうな話だ。

「あの雑誌とか持ってきたのは、自分の本心を湊《みなと》にだけ明かすつもりだった？」

「……湊くんには話しておきたかったんです。私が好きなもののことを。ただ、そんなことと話してもいいのか迷いもあって……いえ、迷いはたくさんあって……」

瀬里奈が、ぼそぼそとそう話すと。

葉月は、はぁ～っと重いため息をついた。

「瑠伽、実はずっと前からメイド服着て接客してみたかったんでしょ？　あたしらがやろうとしてる〝うぇーい〟なヤツじゃなくて、伝統的っつーか本格的なヤツ」

「そ、そんなことは……クラスの出し物ですし、個人的なわがままを言うわけには……」

「だから、あたしらに譲ろうとしてるよね？」

「……譲るとか、そんな権限は私には……」

「だからそこっ！」

ビシッと──また瀬里奈を指差しそうになって、葉月は寸前で手を下げた。

「そうやって、遠慮してるところが気に入らない！　最高に気に入らない！」

「き、気に入らない？」

瀬里奈はきょとんとしている。

「瑠伽、あたしはあんたの友達でしょ!?」

「も、もちろんそのつもりです……僭越《せんえつ》ですが……」

「センエツでもなんでもねぇーっての！　友達相手に遠慮してどうすんのよ！　やりたいことがあるなら、友達にだって堂々と挑んでくりゃいいじゃん！」

葉月《はづき》は興奮して立ち上がり、瀬里奈《せりな》を見下ろす。

腰に両手を当て、胸を張って堂々たる態度だった——さすがは陽キャの女王だ。

「瑠伽《るか》、湊《みなと》のなにを見てきたの⁉」

「え、俺？」

今度は、葉月はビシッと湊を指差してきた。

湊は指差しても失礼にはあたらないと思っているらしい。

「こいつ、友達にパンツ見せろだのおっぱい吸わせろだの、挙げ句の果てにはヤらせてくれとか、遠慮のかけらもないでしょ⁉　ちょっとはこいつを見習ったらどう⁉」

「俺に流れ弾きた！」

「ですが、反面教師という言葉もありますし……」

「瀬里奈もひどくないか⁉」

湊は、やはり逃げておくべきだったかと少し後悔する。

「瑠伽はさあ、優しいのは知ってるよ」

葉月は、そこでやっと語気を緩めた。

「でもその遠慮は、あたしたちに線を引いてるようにも思える。あたしだって、やっと昔のわだかまりを解消して、普通に友達と付き合えるようになったばっかだから偉そうなことは言えないけど……でも、言いたい！」

「ですが……お友達だからといって、言いたいことを全部言っていいというわけではないと思います……」

それもまた正論だ、と湊は思う。

湊も、もっと葉月や瀬里奈にいろいろしてもらいたいが、さすがに遠慮していることもある。

現実とエロ動画の区別くらいはついているのだ。

「それに、私が本気を出したら……怖いかもしれませんよ？」

「……………」

湊と葉月は、同時に黙り込んでしまう。

確かにそうかもしれない。

湊はそう思い、葉月も同じことを思ったのではないか。

瀬里奈瑠伽は常識的に見えて大胆、天然でもあり、なにをやらかすかわからない。

遠慮をなくした瀬里奈の行動は、湊や葉月にも読めないだろう。

「と、とにかく」

葉月《はづき》が我に返ったのか、わざとらしく咳払《せきばら》いする。

「瑠伽《るか》、本気でやってよ。優しくするばかりが友達じゃないでしょ」

「……いいでしょう」

「え」

思わず、変な声を上げてしまったのは湊《みなと》だ。

瀬里奈《せりな》が、ゆらりと立ち上がりまっすぐに葉月を見つめる。

「では、湊くんに決めてもらいましょう」

「な、なにを？」

「私と葵《あおい》さん……どちらを選ぶのか」

9　二人の女友達は本当の友情を始める

Onna Tomodachi ha Tanomeba Igai to Yarasete kureru

放課後、例の空き教室――

湊はその入り口の前に立っている。

今日は、瀬里奈が正式にこの教室を使う許可をもらったらしい。

仕事を手伝っている生徒会に頼み、「クラスの出し物の話し合いをするため」という名目にしたとか。

瀬里奈は生徒会に親しい友人がいるため、あっさりとＯＫが出たようだ。

普段から生徒会の仕事を手伝ってきた実績のおかげでもあるのだろう。

空き教室の扉には、〝会議中につき関係者以外立ち入り禁止　葉月葵　瀬里奈瑠伽〟と書かれたＡ４コピー用紙が貼ってある。

達筆なので、書いたのは瀬里奈だろう。

この有名な二人の名前には絶大な威力があるはずだ。

誰も、教師ですらこの空き教室に近づこうとしないだろう。

そのコピー用紙が貼られた扉をゆっくりと開けると——

「おかえりなさいませ、ご主人様！」

「おかえりなさいませ、ご主人様……」

「………」

まったく同じ台詞なのに、ここまで別物になるのか。

湊《みなと》はいきなり驚かされていた。

「どうよ、湊。さらに改造してみたんだけど」

「わ、私のはほとんどそのままです……すみません」

葉月《はづき》はミニスカメイド服、瀬里奈《せりな》はロンスカメイド服だった。

ただし、葉月はさらにスカート丈を短くして、胸元が大きく開いた上に、黒いブラジャーがちらりと見えるような——露出度の高い服装にマイナーチェンジしている。

一方で、瀬里奈のメイド服は以前とほぼ同じで、長い黒髪を二本の三つ編みに結んで前に垂らした髪型も変わっていない。

「……待て、葉月。いくらなんでもそのメイド服で接客したら、営業停止になるだろ」

「それくらいわかってるって。今日だけ今日だけ。湊へのサービスだよ♡」

「いきなりルール違反じゃないでしょうか……？」

「あたしは遠慮しない、手加減もしないもんね」

とにかく、葉月は本気で勝負に出ているようだ。

もっとも——

「そういう瑠伽《るか》だって、かなりガチじゃん。それ、なに？　どこで買ってきたわけ？」

「……私物です」

瀬里奈は、恥ずかしそうに顔を真っ赤に染める。

空き教室は、いつも適当に置かれていた机や椅子、わけのわからない段ボール箱などがすっかり片付けられている。

がらんとした教室、その前部分と後ろ部分に机を四つくっつけてつくったテーブルが、
一つずつあった。

机を四つくっつけるのは、たぶん文化祭本番でもこうやってテーブルをつくることになるからだろう。

メイド喫茶のためにわざわざテーブルを調達して持ち込むのは難しい。

教室後部に置かれたほうのテーブルには、白いテーブルクロスがかけられている。

「何気に高そうだなあ、これ」

湊はテーブルに近づき、まじまじと眺める。

バラの刺繍《ししゅう》が全体に入ったアンティークな雰囲気のテーブルクロスだった。

その辺の格安な家具やインテリアの店で買ってきたものとは思えない。

庶民立ち入り禁止の高級家具店に売っていても不思議ではない品だった。

「えー、個人的な財力使うのって禁止じゃない？」

「本気でやれって言いましたよね？」

「うっ……」

瀬里奈《せりな》のいつにない鋭い切り返しに、葉月《はづき》が怯んでいる。

「まあ、自宅のものを持ち寄るのは普通にあることだしな……反則ではないか」

「はい」

瀬里奈は、こくりと頷く。

実際、どこのクラスでも生徒の自宅にあるものを利用することは多いだろう。

模擬店の予算は潤沢《じゅんたく》とは言えないので、生徒の私物に頼るのはやむをえない。

「あたし、テーブルクロスなんて考えもしなかったわ……」

「喫茶店でもそんなもん敷いてないところも多いしな」

おそらく、飲食の模擬店を出している他のクラスでも、わざわざテーブルクロスは敷かないだろう。

「それになんか、カーテンまで変わってるし！　凝《こ》り性《しょう》か！」

「本気ですから」

瀬里奈は、しれっと言った。

教室後部は〝瀬里奈ゾーン〟で、クロスが敷かれたテーブルのそばにある窓には、赤を基調としつつ綺麗な模様が入ったカーテンが引かれている。

一方、教室前部――〝葉月ゾーン〟側のカーテンは、湊《みなと》たちが普段使っている教室と同じ、クリーム色の平凡なものだった。

そのそばにあるテーブルも、ただ机を四つくっつけただけだ。

「い、いきなり差をつけてくるじゃん、瑠伽《るか》」

「ここまでは……ですね。私は葵《あおい》さんを知ってますから。手を緩めたら負けるのはわかってます」

「………………」

葉月は、戸惑ったような目を瀬里奈に向けている。

湊は、なんとなく瀬里奈が言わんとしていることが理解できる。

「では、葵さん。あらためて確認です。私たちで湊くんを接客して、湊くんに勝敗を決めてもらって、勝ったほうがメイド喫茶の方針を決めるということでいいですか？」

「おっけ。クラスのみんなもあたしと瑠伽で決めろって言ってるしね」

湊も知らぬ間に、そういうことで話がまとまっていたらしい。

クラスメイトたちの賛同も取り付けているあたり、葉月も瀬里奈も仕事が早い。

「いやいや、あのな。俺、責任重大すぎないか？　やっぱりクラスのみんなで審査して決めたほうが……」

「中立の男子で、あたしと瑠伽《るか》で共通の友達なんて湊《みなと》だけなんだから、他に候補いないでしょ」

「二人とも、友達を便利に使いすぎじゃね？」

「「………」」

葉月《はづき》と瀬里奈《せりな》、二人が同時に湊にジト目を向けてくる。

「なんだろう……あたしのアタマが『おまえが言うな』ってワードで埋め尽くされてるんだけど」

「ごめんなさい……実は私も同じです」

「………」

湊は言いたいこともあったが、反論できなかった。

別に湊は葉月たちを便利に使っているわけではないが……もし周りから見られたら、そう思われても仕方ない。

「私と葵《あおい》さんが信頼する人、ということでもあるんです。湊くん、お願いします」

「……わかったよ」

元々、そういう話を聞いて湊はこの空き教室にやってきたのだ。

信頼する、と言われたなら尚更《なおさら》だ。

「では、私のほうから接客しますね」

「あ、ああ」

瀬里奈に促され、湊はテーブルクロスを敷いたほうの席につく。

間近で見ると、このクロスは本当に高級そうで、迂闊に触りにくいほどだ。

「このクロスと同じようなアンティークの品が数枚家にありますので、英国風でやるなら持ってこられます」

「和風のお屋敷なのに、そんなのあるんだな……」

「個人的に集めたものなんですよ」

「瀬里奈って意外な趣味——いや、こっちは意外でもないか」

自作ＰＣよりは圧倒的にお嬢様らしい趣味ではある。

空き教室の教卓のあたりに、調理器具や材料が置かれている。

瀬里奈は湯沸かしポットを使い、ティーバッグで紅茶を淹れて——

「どうぞ、ご主人様……」

「…………っ」

うおおおおっ、と湊は叫びそうになるのをこらえていた。

瀬里奈のような美少女が、クラシックなロングスカートメイド服をまとい、紅茶を出してくれる。

しかも、瀬里奈《せりな》が接近して紅茶を置いたとたんに、ふわっと甘い香りが漂う。

湊《みなと》は瀬里奈の身体で見たことがないところなど、一つもない。

そんな湊でも、ささやくような「ご主人様」と甘い香りだけで興奮するのだから。

男子はもちろん、女子でもこの接客には参ってしまうだろう。

「すみません、紅茶はティーバッグしか使えないということなので」

「ま、まあ茶葉から淹れてたら手間がかかりすぎるしな」

湊は自宅では、瀬里奈に茶葉からお茶を淹れてもらえる特権がある。

この場ではティーバッグでも、まったく文句はない。

「うん……美味い」

「ありがとうございます」

しかも、黒髪ロング美少女メイドがすぐそばでトレイを抱えて、飲むのを見守ってくれている。

こんなサービスがあれば――

「ヤバいな、客が殺到するな。むしろ特別席を一つつくって、瀬里奈一人に接客させたらプレミア感が出て話題にもなるんじゃないか？」

「湊くん、意外に計算高いですね……」

「そりゃ、クラスの売り上げが多いに越したことはないからな」

なんか俺も、文化祭の責任者ポジションに押し上げられてるし――

湊はとっくにクラスの出し物が他人事ではなくなっている。

「……ごちそうさま。美味かった」

「ありがとうございます」

瀬里奈はスカートの端をつまみ、華麗に一礼した。

「もしかして、その礼も前々から研究してたのか？」

「そ、そんなことは――すみません、鏡の前で練習していました。お恥ずかしい……」

瀬里奈は真っ赤になって、こくりと頷く。

どうやら彼女のメイド好きは筋金入りだったらしい。

「いや、サマになりすぎてて驚いた。いい接客だったたな」

湊は赤くなるメイドを前に、奇妙な満足感を覚えていた。

ふぅーっとため息をつき、立ち上がって。

「いい店だったたな。また来たい」

「ちょっと、湊！　あんた帰ろうとしてない!?」

「ま、まさか。ちょっと満足しただけで」

「まだ満足するのは早いでしょ！　こっちこっち！」

葉月《はづき》は湊に手招きし、机を四つくっつけた前部のテーブルに案内してくる。

湊《みなと》はその席について――

「いらっしゃいませ、ご主人様！　ご注文は？」

「メニューは紅茶だけじゃなかったか？」

「本番じゃ注文聞くんだから、いいでしょ」

「………………」

葉月《はづき》は身長がそこそこあって、腰の位置も高くて脚が長い。

ミニスカメイド服で立っていて、湊のほうが座っているとスカートの裾が揺れて、太ももが視界の端に入ってしまう。

「ヤバいな……」

「え？　なにが？」

くるっ、と大げさなほどの動きで葉月が湊のほうを向いた。

スカートがさらに大きく翻り、白い太ももがよく見える。

「あ、いや……紅茶で！」

「はぁい、ご主人様！　少々お待ちください！」

葉月はにこっと笑って、またスカートを翻《ひるがえ》して教卓のところで紅茶を用意して――

というか、ペットボトルの紅茶をどぼどぼとグラスに注いだ。

「お待たせしました、ご主人様！　アイスティーです！」

「………」

アイスティーとは言っていないが、ティーバッグで淹れるのが面倒なのだろう。

しかし——と、湊は不思議に思う。

テーブルやカーテンは飾り気がないが、葉月の陽キャオーラでそれらが輝いているようにも見える。

葉月の明るい雰囲気と弾むような声だけで模擬店の雰囲気は変わるだろう。

しかも——

「どう、湊——じゃない、ご主人様！　あたしが自分の手で淹れたアイスティーだよ！」

「相変わらず手作りの概念を壊してくるな」

「いいじゃん、あたしが注いだってだけで美味しいでしょ。どうどう？」

葉月はくねくねと無意味に身体を動かし、そのたびにまたスカートがひらひらしている。

メイド服のスカート丈は制服のスカート以上に短いので、危なっかしい。

「あのな、葉月。そのスカートであまり動き回らないほうがいいんじゃないか？」

「え？　これ？　ああ、それは大丈夫。今回はちゃんと対策済みだって」

「………っ」

葉月はぺろりとスカートをめくった。

ペチコートというのか、ヒラヒラがついた白い短パンのようなものをはいている。

「見せパンだよ、これ。メイド服に合わせて、ちょっと可愛いヤツにしてみたわけよ」

「そ、そうか」

何度も葉月《はづき》のパンツを見せてもらっているが、メイド服のスカートをめくって、しかも見慣れない見せパン……。

正直、ドキッとしてしまった。

「あのー、その色仕掛けはさすがに反則ではないですか……？」

「うーん、このミニスカもあたしのお店のウリだから。いいでしょ、別に」

いつから葉月の店になったのだろう。

湊《みなと》はそう思いつつも、まだ見せられているペチコートから目が離せない。

「それで、どう？　やっぱ、あたしの接客のほうがよくない？」

「いえ、やっぱりズルいですよ！　し、下着を見せるのなら――」

瀬里奈《せりな》は湊の前に立ち――

顔を真っ赤にしながら、足首まで届くロングスカートをゆっくりとめくっていき――

「うおっ……」

花柄レースのガーターベルトがあらわになる。

さすがに、瀬里奈がこんな色っぽいものを着けているのは湊も初めて見た。

瀬里奈はさらに赤くなりつつ、スカートをもっとめくり――白いパンツがあらわになる。

「ちょっと、そっちもエロすぎでしょ、瑠伽《るか》！」

「さ、先にやったのは葵《あおい》さんですから……」

「じゃ、じゃあ、あたしもやっぱ見せパンじゃなくて……！」

「は、葉月……！」

葉月も瀬里奈の横に並び、あらためてミニスカートをめくり上げる。

さらに、ペチコートをずるっと下げて──

「あっ⁉」

「お、おいっ」

ペチコートと一緒に、その下にはいていた黒のパンツも脱げてしまう。

勢いよく脱いだので、つい両方とも脱がしてしまったようだ。

「み、見た⁉」

「そりゃ何度も見てきたし……」

「こ、こういうとき見せるのはまた違うの！」

葉月は慌ててミニスカートを下ろし、両手で押さえている。

しかし、スカートの下から、脱がしてしまったペチコートと黒いパンツがはみ出して、
同時に見えていて──

「だ、だったら私も……ご主人様だけにサービスしますね……」

「せ、瀬里奈《せりな》……！」

瀬里奈は、今度はスカートを口でくわえて。

片手でずるっと白いパンツを下ろしていく。

ずずっとパンツが下がっていき、何度か見てきた――だが、まだ何度見ても興奮してしまう部分があらわになって。

「や、やっぱりダメです！　メイドはここまでできません！」

かと思えば、ギリギリのところで瀬里奈がパンツを下ろす手を止めてしまう。

だが、途中で止めているのが逆にエロい。

めくり上げたロングスカートにガーターベルトに、脱ぎかけのパンツ。

「……俺たち、なにやってたんだっけ？」

「わ、忘れないでよ、湊《みなと》。あたしと瑠伽《るか》、どっちを選ぶのかって話よ」

「その言い方は語弊が……私と葵《あおい》さん、どっちのメイドを選ぶのかというお話です……」

あまり大差ない、と湊は思ったが二人の美少女メイドから目が離せない。

葉月《はづき》もミニスカートをぎゅっと押さえていて、裾がめくれ上がり、スカートが短すぎるせいで黒いパンツがちらっと見えている。

「なにやってるんだろうっていうのは、こっちの台詞だしね」

「そ、そうですね……いつもの流れですけど、メイド服だと余計に……」

葉月と瀬里奈もちらちらとお互いの姿を見ている。

二人とも、いつも以上に照れているようで、耳まで真っ赤だ。

その照れた顔で、下着を見せている二人のメイドがエロすぎて――

「なあ、葉月、瀬里奈」

「あ、来たよ」

「来ましたね……」

さすがは友人、葉月も瀬里奈も湊が言いたいことを察したらしい。

「こ、今度はブラも――おっぱいも見せろって言うんでしょ」

「こ、このサービスは……湊くんだけですからね」

葉月も瀬里奈も、メイド服の前をはだけて。

ミニスカメイドは黒のブラジャー、ロンスカメイドは白のブラジャーをあらわにする。

「ご主人様は、メイドさんのブラの中も見ていいのか？」

「え〜、友達なら見せてもいいけど」

「ご主人様はどうでしょうか……？」

葉月と瀬里奈は、苦笑しながら。

くいっとブラジャーを引っ張って、可愛い乳首を見せてくれた。

はだけたメイド服、まだ見えているパンツ。

さらに、綺麗なピンクの乳首。

もうこれだけ揃っていたら――

「……ダメだ」

「え？　ダメ？　湊《みなと》、なに言ってんの？」

「な、なにかお気に召しませんでしたか？」

「俺には、友達に差をつけることなんてできない」

湊は、二人の女友達メイドを見つめながら、素直に心情を白状する。

そう、湊は彼女たちの友人だからこそ、二人の争いを終わらせる役割を担うことになった――

だが、その決着は――二人に差をつけることでつけてはいけないはずだ。

友達になった順番はあっても、友情に順番があってはならない。

少なくとも、湊にとっては――

「俺には、葉月《はづき》も瀬里奈《せりな》もどっちが上ってことはない。メイド喫茶のことだろうと、おまえたちには大事なことだろ。俺が順番をつけて、どっちが上とか言えるわけない」

「そ、それを言っちゃおしまいでしょ、湊」

「それでも湊くんに順番をつけてほしいから、お願いしたんですけど……」

「わかってる」

湊は、こくりと頷き、立ったまま二人のメイドを抱き寄せる。

「わっ、湊……！」

「きゃっ、湊くん……！」

二人を抱き寄せ、それぞれの手でGカップとDカップの生おっぱいをぐにぐにと揉む。

最高の柔らかさと、最高の感触だった。

「この二つの、大きさが違うおっぱいに順番をつけられないのと同じだ！」

「いや、同じではないと思うけど……」

「湊くん、さっきからなにを……」

そう言いつつも、葉月も瀬里奈も目をトロンとさせている。

湊に胸を揉まれて、興奮しつつあるらしい。

「俺は二人とも友達だし、友達のおっぱいをどちらも大事に――」

そこまで言って、湊ははっとなった。

「ああ、そうか……！」

「あたしらのおっぱい揉んで、そんな驚くことってある？」

「名探偵さんが何気ない会話がヒントになって真相に気づいた、みたいな流れですね」

葉月と瀬里奈は目をトロンとさせながらも、湊に呆れている。

だが、実際に――瀬里奈の言ったとおりだった。

「気づいたよ。俺は、葉月《はづき》にも瀬里奈《せりな》にもヤラせてもらいたい……どっちもほしい」

「今さらなに言ってんの？」

「でも、多くを望んでるのは俺だけじゃなかったんだな」

「……湊《みなと》くん？」

葉月と瀬里奈が、今度はきょとんとして湊を見ている。

「葉月は文化祭でメイド喫茶をやるだけじゃなくて、瀬里奈との対決も楽しんでた」

「え？　まあ……そのとおりかな？」

「瀬里奈は前からメイドに憧れてて、自分がやりたいメイド喫茶は葉月がやりたいものとまるで違ってた」

「え、ええ……なのに遠慮してたせいで、葵《あおい》さんが怒ったんですよね……」

「でも、二人ともそれだけじゃないんだろ？」

「やんっ」

「きゃっ……！」

湊は葉月のミニスカートと、瀬里奈のロングスカートをめくって、黒と白の下着をあらわにする。

「ちょ、ちょっと！　まだパンツ見たいの？」

「お、おっぱいのターンに入ったと思ってました……」

「そうじゃない。いや、パンツはもちろん見たいが。見たいのは俺だけじゃなくて、二人もなんじゃないか？」

「えっ……」

「そ、それは……」

葉月はきょとんとして、瀬里奈も軽く驚いたような顔になる。

「もっと言うなら、実は二人とも、その自分が着てるメイド服を着せたかったんじゃないか？　葉月は瀬里奈に、瀬里奈は葉月に自分が着てるのと同じメイド服を」

「そ、そんなわけないでしょ。別にそんなこと……」

「……すみません。実は私は、ちょっとそう思ってました」

瀬里奈は、葉月をちらっと見つつ言った。

「この前、湊くんの家にメイドの資料以外にメイド服を持って行ったのも――実は、葵さんに着てもらえないかと……ですけど、迷ってしまって言い出せませんでした」

「あ、あたし？　あたしにそんな清楚な衣装が似合うわけが……」

「絶対に似合います！　葵さん、髪も茶色ですし、スタイルもすらっとしててモデルさんみたいですし、顔も私と違って彫りが深くて派手なので！　こんな和風の私なんかより、ずっと似合うと思うんです！　そのミニスカートもいいですけど、このクラシックスタイルはもっと似合います！」

「ちょ、ちょっと、ちょっと、瑠伽《るか》……！」

瀬里奈《せりな》は葉月《はづき》の手を両手で包み込むようにして握り、キラキラした目を向けている。

どうやら、瀬里奈はメイドへの憧れをこじらせて――

なんとしても葉月にクラシックなロングスカートメイド服を着せたい、というのが本音だったらしい。

「ま、まあ……あたしも、ミニスカメイド服、瑠伽に着せたいな～っていうのは正直あったわ。下からパンツ覗いてみたかったし」

「葉月、前からそれよく言ってるよな……」

以前、葉月は瀬里奈のスカートの中を覗いてみたいと言っていた。

女子でも女子のパンツには興味があるのだと。

「ミニスカートでも下着でも見せてもいいです！　ですから、私に葵《あおい》さんのメイド服をプロデュースさせてください！」

「グ、グイグイ来るね、瑠伽。遠慮……全然なくなってるじゃん」

「葉月が望んだことだろ？」

「ちょっと方向が違うような……でも、まあいっか。瑠伽の遠慮がなくなるならいいことだし、瑠伽のミニスカメイドも見られるし」

「だよな」

「俺も葉月のロンスカメイドも、瀬里奈のミニスカメイドもどっちも見たい！」

湊《みなと》は、力強く頷く。

「一番見たがってんの、湊じゃない？」

「私以上にほしがりですよね、湊くん……」

葉月と瀬里奈が本当に望んでいたことは――真相は明らかになった。

だがそんなことより、湊には望むことがある。

「とりあえず――メイド服のまま、ヤらせてくれ！」

「完全に趣旨が変わってるよ、湊……はむっ」

「み、湊くん……いいですけど、選べないままでは……んっ♡」

葉月は湊にキスして、続いて瀬里奈も唇を重ねてくる。

湊と二人のメイド少女は向き合って、夢中になってキスしていく。

その間にも、湊は二人の剝き出しになったおっぱいを揉み、スカートの中に手を突っ込んで――

「はうっ、んっ……馬鹿っ……んんっ♡　メイドに夢中になりすぎ……」

「んっ、スカートの中に……あっ、そんなにしたら……♡」

「ここまでおあずけだったんだから、これ以上はもう我慢できるわけないだろ……！」

湊は葉月の乳首を吸い、瀬里奈のスカートの中に突っ込んだ手を動かし、さらにまた唇を重ね、三人で互いに舌を絡め合う。

「ば、ばーか。もうっ……解決したと思ったら、すぐこれとか……♡」

「ですが、私たちらしいかもしれません……♡」

湊《みなと》は二人の美少女メイドと唇を激しくむさぼり合い、さらにミニスカートとロングスカートの中に手を突っ込み、太ももを撫で回しその手を上のほうにズラして。

だが、湊はそこでぴたりと手を止めた。

せっかく話もまとまったのだから、このままヤらせてもらうよりは――


「も、もう……逆に恥ずかしいわ、これ……？」

「さ、さすがにちょっとサイズが合いませんね……」

それから五分後。

一度、空き教室の外に出ていた湊が再び中に入ると。

そこには、まだ二人のメイド少女たちがいた。

ただし――

「うわぁ……こんな長いスカートはいたの、初めてかもしんない」

「私もここまで短いスカートは……葵《あおい》さん、よくこれははけますね……」

そう、葉月《はづき》と瀬里奈《せりな》はメイド服を交換している。

葉月はロングスカートのメイド服、瀬里奈はミニスカートのメイド服姿だ。

ご丁寧に葉月は髪を三つ編みにして、瀬里奈は三つ編みを解いて髪をそのまま下ろしている。

「身長は五センチくらいあたしのほうが高いけど、意外と着れるね……でも、やっぱ胸がキツいかも」

「そこまでぶかぶかじゃないですけど……でも、このスカートの短さが本当に……こ、これは普通に下着が見えちゃいます」

「………………」

葉月はサイズ小さめ、瀬里奈はサイズ大きめだが、本人たちが言うとおりなんとか着られているようだ。

「うん、二人ともそっちも似合ってるぞ」

「ほ、本当に？　あたし、こんなおとなしい服装、似合わなくない？」

「いいえ、やっぱり葵《あおい》さんにはクラシックなメイド服、よくお似合いです！」

葉月は戸惑いつつスカートをつまんで裾を持ち上げ、瀬里奈は目をキラキラさせて葉月を見つめている。

瀬里奈は自分のミニスカメイド服に照れるより、葉月のロンスカメイド服が気になって仕方ないらしい。

「よし、やっぱりメイド喫茶は二種類どちらもやろう。教室を分割して、英国風とパリピ風で両方やるか……いや、午前と午後で入れ替えてもいいかもしれない。そうすると、内装は簡単に取り替えられるようにつくらないとな。教室の一部をパネルかなにかで塞いで、そこに交換用のカーテンとか看板とか片付けておけば、ささっと入れ替えられるか」

「文化祭本番でも葵さんのロングスカートメイドが見られるんですか！　湊《みなと》くん、最高のアイデアです！」

「こらこら、あたしを置いて話を進めないように！」

「ダメなのか？」

「ダメなんですか？」

「……あ、あんたら、あたしが頼まれたら断れないからって、グイグイ来すぎ！」

文句を言いつつも、葉月は拒否するわけではないようだ。

とにかく、これが最適解だと湊は確信している。

メイド喫茶の方針で迷うなら、二種類やればいい――簡単な話だったのだ。

「俺は、ミニスカの葉月もロンスカの葉月も見たいし、ロンスカの瀬里奈もミニスカの瀬里奈も見たい！」

「私は全然ＯＫです。葵さんにもこれ、見せますし……」

瀬里奈《せりな》は、ミニスカートをめくってちらりと下着を葉月《はづき》に見せている。

「ヤバい、瑠伽《るか》もやっぱ最高に可愛いじゃん……あたしら、なんか頭悪いみたいだけど」

葉月も時々我に返りつつも、瀬里奈のミニスカ姿にご満悦だ。

葉月も瀬里奈も、それに湊《みなと》も今の状況に満足している。

誰も損をせず、ここには喜びしかない。

だが、もっともっと――この三人ならできることがある。

「よし、葉月と瀬里奈には、こう言うべきか――ロンスカ葉月とミニスカ瀬里奈のパンツも見たい！」

「いきなりそれかい！」

葉月が鋭くツッコミを入れ、瀬里奈が顔を赤くする。

「こ、これで……いいでしょうか……？」

瀬里奈はテーブルに両手をつき、湊のほうに尻を向けてくれる。

少し尻を持ち上げただけで、ミニスカから白いパンツが見えてしまっている。

「恥ずかしくて、湊くんの顔が見られませんから……後ろ向きで許してください……」

「………」

瀬里奈が背中を向け、尻を見せてくれるポーズのほうが正面向きよりエロい。

許すも許さないも、むしろ湊にはありがたいくらいだった。

ミニスカートから白くてぷるぷると柔らかそうな尻と、白いパンツが見えているのがたまらない。

「もう……そもそもあたしら勝負してたのに、なんでこんなことになってんの？」

「葵《あおい》さん、私……湊くんと葵さんの前ならもう遠慮しないでいられるみたいです」

瀬里奈はスカートの裾を摑んで持ち上げ、さらにお尻とパンツを見せてくれる。

「私、こういう性格ですから……すぐに葵さんにもなんでも言えるようにはならないと思います……でも、湊くんと一緒に葵さんと遊んでいたら、変われる気がするんです。それでは……ダメでしょうか？」

瀬里奈は湊にパンツを見せながら、葉月のほうを見て懇願するような目をしている。

「ああ、わかったわかった！　あたしももっと素直になるよ！　でもさ、瑠伽！」

「はい？」

「あんた、もうだいぶ変わってると思うよ。男子にそんなエッチなポーズでパンツ見せるなんて、中学の頃の瑠伽を知ってたら想像もつかないし」

「え、えっちなポーズ……いやぁ……♡」

嫌と言いつつ、瀬里奈はまだ尻を湊のほうに向けている。

「友達だけ恥ずかしいマネをさせられないか……湊、あたしのも見たいんだよね？」

「ああ、パンツを見せてくれ、葉月」

「そんな頭の悪い台詞を、毎度よく堂々と言えるもんだよね、湊《みなと》」

葉月《はづき》は、はーっとため息をついてからスカートを摑んでゆっくりと持ち上げていく。

健康的な白い太ももが見え、さらに黒のガーターベルトも着けていて。

「これ、瑠伽《るか》の予備のガーターベルト。こんなん着けたの初めてだよ」

「すっげーエロい、葉月……」

「ば、ばーか」

葉月は顔を赤くして、うつむいてしまう。

瀬里奈《せりな》のメイド服を着て、瀬里奈がやったのと同じようなスカートをたくし上げるポーズを取り――黒いパンツを見せてくれている葉月も、凄まじくエロい。

「やっぱ、メイドはミニスカもロンスカもどっちもいい。だったら、メイド喫茶もパリピも英国もどっちもいいに決まってるよな」

「湊、欲張りすぎない……？」

「文化祭ってガチの商売じゃなくて遊びだろ。だから、貪欲《どんよく》に楽しんだっていいんじゃないか？」

「見て、瑠伽。これが湊寿也《としや》だから。こいつの遠慮のなさ、見習ってたらすぐにでも性格変わるよ」

「ここまで遠慮がないのはさすがに……」

「瀬里奈⁉」

優しい瀬里奈らしからぬ毒舌に、湊がぎょっとする。

「冗談です」

「………」

ぺろっと舌を出したのも、まるで瀬里奈らしくない。

「あ、お行儀悪いですね。ですけど、どうせならもっとお行儀悪くしたほうが……いいですか？」

瀬里奈は白いパンツに手をかけて、ゆっくりと下ろしていく。

ぷりんとした尻が半分ほどもあらわになり――

「残りは……湊くんが脱がしたいですか」

「ああ、脱がしたい」

「この素直さよ」

葉月が呆れて、またツッコミを入れてくる。

「どうせあたしは最初っからお行儀悪いからね。英国風とか全然似合わないから、失敗したって知らないよ」

「葵《あおい》さんなら似合ってますし……似合ってるから、湊くんがこんなに興奮してるんです」

「湊はなんでも興奮しそうだけどね。ああ、これでいいの？」

葉月《はづき》はヤケクソ気味に言うと、片手でスカートを大きくめくり上げて。

それから、黒のパンツをゆっくりと少しだけ下げた。

「の、残りは……自分で脱がしたいんでしょ、湊《みなと》？」

「ああ、脱がしたい」

「同じ台詞で応えてますね、湊くん……」

瀬里奈《せりな》もさすがに呆れているようだが、湊はもう止まれない。

ずいぶん趣旨がズレたような、きちんと着地点に向かっているような。

どっちかわからなくなったが、湊は自分では真剣にやっているつもりだ。

メイド喫茶のことも、女友達二人の仲直りのことも。

「結局、あたしら二人まとめて湊からのお願いは断れないみたいね、瑠伽《るか》」

「はい、私、湊くんのこと好きですから……」

「「え⁉」」

思わず、湊と葉月が同時に声を上げてしまう。

あまりにも意味深な瀬里奈の発言――爆弾発言だった。

「女の子のお友達は多くはないですけど、何人もいました……でも、男の子のお友達は湊くん一人だけで……こんなに好きになるなんて驚いてます……」

「……そういう意味か」

「びっくりしたよ、あたし……」

湊と葉月は顔を見合わせ、一瞬苦笑いしてしまう。

まさか、瀬里奈ほどの才色兼備の少女が自分を異性として好きになるわけがない。

湊は本気でそう思っているし、友達として好きになってもらえるだけで充分すぎる。

だから、言うべきことを言わなければならない。

「葉月、瀬里奈、俺もおまえたち二人が好きだ」

「えっ⁉　み、湊までなに言ってんの⁉」

「湊くん……す、好きって……」

湊は二人に近づき――

まだスカートをめくったままの葉月の太ももと、瀬里奈の太ももに手を這わせる。

「あんっ……♡」

「きゃっ……♡」

「だから、葉月と瀬里奈と、二人とずっと仲良くしていきたい。けど、ケンカすることくらいあるよな。意見が合わないことだってあるよな。友達なんだから」

結局、今回の一件は瀬里奈が友達に遠慮したことに端を発したわけで。

葉月は瀬里奈が友達に過剰に気を遣うことが受け入れられなかった。

だが、こうして三人で楽しく遊んでいれば、それで自然と解決することでもあった。

三人は友達で、お互いのことが好きなのだから。

「ケンカしたっていいいし、競争してもいい。俺と葉月《はづき》が、俺と瀬里奈《せりな》がケンカすることだってあるよな」

「まあ……あるかもね。湊《みなと》、遠慮なさすぎだし」

「湊くん、たまに遊んでくれないこともありますからね……」

じぃっと二人の美少女が湊を睨んでくる。

「ケンカしたら、三人でこうやって——仲直りしよう。葉月と瀬里奈となら何回だって、いつまでだってヤれるんだから、ヤってるうちにケンカなんてどうでもよくなるだろ」

「いいこと言ってるみたいだけど、湊ばっか得してない⁉」

「わ、私も……得してますけど……」

「あたしは……優しいから、湊が友達だから頼まれたらヤらせてあげてるだけよ！」

葉月と瀬里奈の意見は分かれているが、ヤらせてくれることに変わりはないらしい。

「だからメイド喫茶も、葉月がやりたいことと瀬里奈がやりたいこと、両方やろう。まとめて楽しめばいいんだよ」

「ただ湊があたしら二人とヤりたいだけじゃ……」

「ですが、三人なら二人だけでヤ……楽しむより、もっと楽しいですよね。私も、葵《あおい》さんの清楚なメイド服姿、もっと見てみたいです」

「……あたしだって、瑠伽《るか》のえっちなメイド服、好きなんだからね？」

「はい……」

葉月の苦笑しながらの言葉に、瀬里奈は笑って頷いた。

見たことがないほど、晴れ晴れとした最高の笑顔だった。

湊はその笑顔を見つめてから——

「じゃあ、もっかい二人ともちゃんとパンツはいて、こっちに見せてくれ。あ、葉月もちゃんとめくり上げてくれよ」

「こ、こいつ、注文うるさい……こ、これでいいの？」

「こんな短かったら、めくらなくても見えちゃいますよね……」

「やっぱ、二人のパンツはいいなあ……とりあえず、葉月、瀬里奈」

湊は二人にちゅっちゅっとキスをしてから。

「な、なによ♡」

「なんでも……言ってください♡」

「パンツをはいたまま一回、半脱ぎで一回……あと、またメイド服を交換して二回ずつヤらせてくれ！」

「だから欲張りコースすぎんのよ！」

葉月は文句を言いつつも、テーブルの上に座って。

「まず、はいたまま？　もう……いいけど、もうちょっとキスくらいしなさいよ」

「あ、そうです。湊《みなと》くん、少しだけ待ってもらえますか？」

「ん？」

瀬里奈《せりな》はテーブルの上で身を乗り出して葉月《はづき》に近づき——

「んっ……♡」

「んんっ⁉」

ちゅっ……と葉月にキスをした。

「おおいっ、瑠伽《るか》、なにやってんの⁉」

「な、仲直りのキスです……お友達同士でキス……してもいいですよね？」

「いいけど、俺もまぜてくれ」

「……考えてみれば、三人でキスは何度もしてたっけ。今さらなに驚いてんの、あたし」

葉月は自分に呆れているらしい。

だが、女子二人だけでのキスはこれが初めてではなかっただろうか。

湊には、百合《ゆり》好きの趣味はないが、少しばかりドキドキしてしまう。

いや、少しどころではないかもしれない。

「じゃあ、もう一度、二人にキスしてもらって……そこに乱入させてもらうか」

「こいつ、新たな楽しみを見出《みい》だしてる！　ああもう、あたしもあんたら好きよ！」

「はい♡」

瀬里奈も頷き、葉月にちゅっとキスをする。

湊も葉月の肩と瀬里奈の腰を抱き、舌を伸ばして二人の唇を舐めるようにしてキスして。

さらに三人で舌を絡め合う。

「こりゃ、四回だけじゃ済まないな……」

「湊さあ、一人四回でもトータル八回なんだけど」

「それだけじゃ止まれそうにない」

「マジで!?　どんだけ底無しなの、あんた!?」

「仲直りのためですから……私は何度でもいいですよ♡」

瀬里奈は、ちゅっと今度は湊の唇にキスしてくれる。

とんでもない方法での仲直りになってしまったが、湊とその女友達二人にはふさわしいかもしれない。

湊は二人の少女の細い身体を抱き、唇を味わい——

やはり友達同士は仲が良いのが一番だ、としみじみと感じていた。

エピローグ

文化祭本番——

室宮《むろみや》高校には多くの客が入り、にぎわっている。

「おかえりなさいませ、ご主人様！」

「おかえりなさいませ、ご主人様……」

湊《みなと》たちのクラスのメイド喫茶は教室の前後、それぞれの入り口が別の飾り付けになっている。

前方入り口にはピンクの看板が置かれ、ミニスカメイドが二人立って客引きと案内を兼ねて声を張り上げている。

後方の入り口には木のボードが立てかけられ、そこに〝メイド喫茶〟とストレートな店名が毛筆で書かれていて、しかも妙に達筆だ。

そこにはロンスカメイドが二人、微笑を浮かべて立っている。

前と後ろの入り口でまったく雰囲気が違っており、客は好きなほうを選んで入ることが可能だ。

店内に入れば、前では派手なギャル、後ろではおしとやかなお嬢様が挨拶とともに迎えてくれるわけだ。

いかにもギャルな葉月《はづき》がミニスカメイド服、清楚な瀬里奈《せりな》がロンスカメイド服で、順当な組み合わせながら、ウケは大変に良い。

「ここまで客が入るとはなぁ……」

湊は、ぼそりとつぶやいた。

彼は教室からやや離れた廊下にいる。

別にサボっているわけではなく、急遽《きゅうきょ》作った〝最後尾〟という看板を両手で掲げ、長い列の一番後ろに立っているのだ。

メイド喫茶は想定以上の客が入ってしまっている。

スタッフを出して列を整理しないと、周りのクラスの邪魔になってしまう。

そこで、裏方を務めていた男子の数人が表に出て、列整理にあたっている。

湊は制服姿でなく、白シャツに黒ネクタイに黒ベスト、黒いズボンという格好だ。

男子もなにかあれば接客に加わることも想定し、メイド服と同じく白と黒でコーディネートされているのだ。

ちなみにこの上品な服装は、瀬里奈が男性使用人をイメージして選んだらしい。

「すみませーん、お並びの方はこっちにお願いします。あ、そちらの人、列からはみ出さないでください。まっすぐお願いします！」

湊《みなと》は、さっきから声を張り上げ、列を形成しつつ乱れがないように整理している。

行列で廊下を塞ぐと周りのクラスに怒られてしまうので、列整理は重要だ。

「おーい、みなっち。大丈夫かなぁ？」

「ああ、穂波《ほなみ》」

ミニスカメイド服を着た穂波が、ぱたぱたと走ってきた。

その手にはスポーツドリンクのペットボトルを持っている。

「はいこれ、水分ちゃんととらないとねぇ」

「ああ、すっげー助かる」

十一月でも校内の熱気のせいか、ずいぶん汗をかく。

列整理中に離れるわけにもいかないので、喉が渇いても身動きできなくて困っているところだった。

「あ、みなさーん。もう少し待ってくださいねぇ」

穂波が、その場で軽く踊りながらお客たちににっこり笑いかけている。

ダンスと笑顔は待たせている客たちへのサービスらしい。

特に男性客たちが、穂波の笑顔と揺れるミニスカートに目をやって、緩んだ顔をしている。

「みなっちだけで列の整理すんの大変だよねぇ。しばらく手伝ってあげるよ」

「ああ、マジでありがたい」

校内では、〝店内のメイドさんたちがマジ可愛い〟〝特に二人、とんでもない美少女がいる〟と噂《うわさ》になり、ＳＮＳなどにも情報が流れているようだ。

案外、葉月《はづき》が自分で流しているのでは？　と湊は疑っているが。

少なくとも葉月グループが自分たちのリーダーを売り込んでいるのは確実だろう。

「はーい、みなさんもうちょっと廊下の端に寄ってくださーい。お待たせしてますけど、ご協力お願いしまーす」

さすがは陽キャ、穂波は物怖《ものお》じせずに接客している。

ほとんどの客は女子高生メイドが目当てだろうから、列で待っている間も接客してもらえれば途中で帰ったりもしないだろう。

「こりゃ投票でも一位は間違いないな」

「まー、ウチには葵《あおい》とるかっちがいたから最初から勝利確定だったけどねぇ」

「……穂波も充分目立ってるよ」

「おー、みなっち、言ってくれるじゃん」

穂波は満更《まんざら》でもなさそうに笑っている。

実際、金髪で褐色肌で目立つ穂波が外にいれば、さらに客が集まってきそうだ。

「あ、みなっち」

「ん？」

穂波《ほなみ》は湊《みなと》に身体を寄せ、耳打ちしてくる。

「……今度は麦《むぎ》も、お願いされたらもっとすんごい遊び、してあげるねぇ。葵《あおい》とるかっちを仲直りさせてくれたご褒美だよ♡」

「今度じゃなくて、今日お願いするかな。今日はまだ穂波のパンツ見せてもらって、スパッツをはかせただけだしなあ」

「もうー……」

穂波は、顔を赤くして。

「パンツ見たい男子は多いだろうけど、スパッツはかせたい人は初めて見たよ。しかも一回はかせてから、また脱がされてじっくりパンツ見られたしぃ」

「いや、スパッツ見てたらムラムラしてきて……」

「えっちぃ♡　じゃ、今度は……パンツも脱がしてみる？」

ニヤッと笑ってから、穂波はまた列の客たちに声をかけ始めた。

行列している客たちはイラつきがちなので、穂波が和ませてくれるのは本当に助かる。

「あ、そうだ。そろそろ言っとかないと。穂波、ちょっといいか？」

湊は、最後尾の看板を穂波に持ってもらい、教室の中へと入る。

前方はやたらとギラギラしたピンクや赤の飾り付け。

後方はクラシックなテーブルクロスとカーテン。

前と後ろで真逆の雰囲気だが、意外に違和感は薄い。

「おい、葉月《はづき》、瀬里奈《せりな》」

葉月も瀬里奈もちょうど接客を終えて、テーブルから離れたところだった。

湊は二人の友人に声をかけ、教室の隅へと引っ張っていく。

「そろそろ入れ替えよう。まずは葉月と瀬里奈が着替えてきてくれ」

「はいはい、忙しいよね」

「ほ、本当にアレを人前で着るんですか……」

このあとは、葉月がロンスカに、瀬里奈がミニスカになる段取りになっている。

メイド喫茶のメイド服の交換は湊が提案し、葉月と瀬里奈が支持してクラス内で意見がすぐにまとまった。

メイド服の交換はリピーターを呼ぶにもちょうどいい――ということで。

適当なタイミングでギャルがロンスカ、優等生がミニスカに着替えることになった。

女子たちに反対意見はほとんどなく、彼女たちも二種類のメイド服を着てみたいと肯定的だった。

「ホントは、葉月たちのメイド服を見るのは俺だけにしときたかったけどな」

「湊《みなと》、ガチで独占欲強いよね……」

「私は独占されてもよかったんですけど……」

「まあ、パンツ見せてもらって、おっぱい吸わせてもらって……ヤらせてもらえるのは俺だけだからな。それで我慢しとく」

「なーにが我慢よ。どこまで贅沢すんのよ、あんたは」

葉月《はづき》は、ちょいっと湊の肩を突いて、さっさと歩き出した。

別の教室が女子の着替え場所として確保されているのだ。

「あ、待ってください、葵《あおい》さん」

「ああ、瀬里奈《せりな》も急いでくれ。二人がいないと、客が暴動を起こすから」

「そんなことは……」

瀬里奈が立ち止まり、困ったように笑う。

「でも、楽しいです。前の私だったら、メイド喫茶なんて表に出ずに逃げ回っていたかもしれません。湊くんの……おかげですね」

「葉月のおかげだよ。あいつが引っ張ってくれるから、みんなで楽しめてるんだろ」

「その葵さんを引っ張ってるのは、湊くんですよ」

瀬里奈は周りをちらっと確認してから、ぎゅっと一瞬だけ湊の手を握った。

すぐに手を離し、葉月の後を追って教室を出て行く。

今の手繋ぎはなんだったんだろう——

湊は思わず、瀬里奈に握られた手をぐっと握ったり開いたりして。

深くは考えないことにした。

瀬里奈瑠伽《るか》は、葉月葵と同じく、湊の大事な女友達。

今はそれだけで充分——いや、過分なくらいだろう。


そうして、文化祭のメイド喫茶は大好評のうちにあっという間に飲み物も食べ物も売り切れてしまい——

「あーっ、終わったあ！」

「といっても、予定より一時間も早く終わってしまいましたけどね……」

「アイスティーのほうはちょっと水増ししたのにね」

三人が集まっているのは、例の空き教室だ。

特に一番働いた葉月と瀬里奈は後片付けを免除され、同じく裏方として走り回った湊とともにここで休憩中。

葉月はロンスカメイド服、瀬里奈はミニスカメイド服に着替え、今もそのままだ。

「ロンスカもたまにはいいかもね。今度、買いに行こうかな。そうだ、瑠伽が見立ててくれる？」

「葵《あおい》さんのほうがセンスいいですよ。ですけど、お手伝いしたいですね。わ、私もたまには私服で短いスカートもはいてみましょうか……」

「そっちはあたしが選んであげる！　瑠伽《るか》、脚長いから絶対似合うよね！」

「お、お手柔らかに……でも楽しみです」

「………………」

きゃっきゃと女子二人で盛り上がっている。

さすがに湊《みなと》は、女子たちのファッションの話題にはまざれない。

「こら、湊。あんた、関係ないみたいな顔してんじゃないの」

「え？　まさか、俺も二人の買い物に付き合えって？」

「そのまさかよ。荷物持ちが必要よね」

「荷物は自分で持ちますけど……男の子の意見を採り入れるのもいいかもしれません」

「あー、ダメダメ。男子高校生のセンスなんてアテになんないから」

葉月《はづき》は、ふふんと笑って手を振った。

まさにそのとおりなので、湊は苦笑するだけで反論しない。

「でも、下着は選ばせてあげよっか。湊がエロいと思うヤツ、買ってあげる」

「え、えっちな下着なんて私は……い、一着だけなら」

「帰ったら、真っ先に見せてもらうことになるけどな」

「ふーん、すぐに脱がしちゃうくせに」

「湊くんなら脱ぎかけにしますよね……」

葉月は顔を赤くして湊を睨み、瀬里奈《せりな》も照れつつうつむいている。

「でもあんまエロいと、二回や三回じゃ済まないよなあ」

「湊なら、コンビニで売ってる下着でも一回で終わらないでしょ」

「じゃあ……湊くんが五回も六回もしたくなるような下着……買っちゃいましょうか」

「いいね、瑠伽。どっちが湊をより興奮させるか、回数が多いかで勝負しよ」

「…………」

どうやら葉月と瀬里奈は、勝負を楽しむようになったようだ。

ケンカするほど仲が良い、というのは本当らしい。

「一度くらい衝突したほうがいいのかもなあ……」

「なに、湊？　あたしとケンカしとく？」

「勝てるわけねぇだろ」

場合によっては、湊のほうが腕っ節でも負けるだろう。

「瀬里奈相手だったら、絶対に負けるしな。俺は勝てないケンカは遠慮しとくよ」

「私、ケンカなんてしませんよ……もっと穏やかにいきましょう。仲が良いに越したことはありません」

「だったら、遠慮も隠し事もなしね。麦《むぎ》と仲良くなったって別にかまわないから」

「「えっ⁉」」

湊《みなと》と瀬里奈《せりな》が同時に驚きの声を上げてしまう。

「なに？　バレてないとでも思ってた？　あたし、麦たちとも前より仲良くなってんだから。麦のヤツ、変な写真とかアップしてんじゃん？　あれ、完全に湊アングルだったし」

「俺アングルってなんだよ……」

葉月《はづき》は、友人のＳＮＳアカウントを把握しているようだ。

湊は自分が撮った写真で気づかれるとは、夢にも思っていなかったが。

「瑠伽《るか》と麦がなんか仲良くなってんのも気づくって。あたしもグループのリーダーなんてやってるんだから。麦、たまに瑠伽の話をするようになったし、わかってるよ」

「す、すみません。湊くんに女子のお友達が増えると、葵《あおい》さんがどう思うか……」

「考えすぎだっつーの。あたしの友達は湊の友達、くらいに思っていいから。まあ、パンツ見たりは……え、あれ、もしかして麦とも……？」

「ま、待て。それこそまだパンツと胸を見せてもらった程度だから！」

「フッー、パンツも胸も見せねーから！　これはもう、麦も頼まれたらヤらせそう……あいつ、けっこうチョロいんだね。知らなかった」

「……そうか、ヤらせてもらえるのか」

「おい、さっそくヤらせてくれる女友達を増やそうとすんな。増やしてもいいけど……あたしらの回数が減ったらガチで怒るから」

「だ、大丈夫だ。まだまだ回数は増えていく一方だから」

「ふ、増えるんですか……ありがとうございます」

「お礼言ってる⁉　瑠伽、あたしたちが湊にサービスしてやってるんだから、お礼はいらないっての！」

「はぁ、そういうものですか。でも……さっそく、回数増やしてみますか……？」

瀬里奈はメイド服の短いスカートをめくって。

そこには――

「あれ、ブルマ？　瀬里奈、なんで……？」

「今日は見せパンが必要でしたから。でも、あとで湊くんにも見せると思って……ブルマをはいてみました。実はもう一枚持ってたんです。どうでしょうか……？」

「最高だ。ちょっとズラして中のパンツもチラッとさせてほしい」

「こ、こうでしょうか……？」

瀬里奈が片手でスカートをめくりつつ、もう片方の手でブルマをズラし、そこから白のパンツがちらりと見えた。

「おお、やっぱはみパンいいな。そのブルマも、あとでもらえるのか？」

「な、なんでブルマ、そんなにほしがるんですか⁉」

「前にももらってたの？　この男、マジで遠慮ねーし、瑠伽《るか》も湊《みなと》相手だとある意味遠慮しないよね……」

葉月《はづき》は呆れつつため息をついて。

「あたしのも見るよね？　ここ、誰もこないし……あたしと瑠伽、一回ずつ、どう？」

「二回ずつイケるだろ」

葉月がロングスカートをめくり、黒のパンツをあらわにする。

こっちは見られる心配がないロンスカだからか、見せパンははいていなかったらしい。

パンツを見せてくれる——頼めばヤらせてくれる二人の女友達。

湊寿也《としや》と葉月葵《あおい》、瀬里奈《せりな》瑠伽。

三人は、たとえケンカしても、こうして秘密の遊びで何度でもやり直していけるだろう。

「わっ、湊、こら。そんながっつかないの」

「きゃっ……い、いいですよ、私は」

湊は下着をあらわにする二人の女友達を抱きしめて。

このおかしな友情が長く長く続くことを祈った——

あとがき

どうもこんにちは、鏡遊《かがみゆう》です。

前巻が六年ぶりの帰還でしたが、今巻は四ヶ月ぶりですね。早すぎる。

しかも、一巻は即重版という驚きまでありました。皆様の応援のおかげですね。ありがとうございます！

まあ、一番驚いたのは一巻の発売直後、『女友達《おんなともだち》』を掲載中の投稿サイト『カクヨム』運営さまから「この作品、エロすぎるから修正せんかったら削除してまうで〜」（意訳）という警告をいただいたことですかね。

カクヨムさんに文句を言っているわけではなく、規制に引っかかるようなヤバイ作品を投稿した僕が悪いんですが……。

まさか、一巻が発売されて即警告が来るとは夢にも思っていなかったので、驚きました。カクヨム版は書籍版の宣伝にもなるので、削除されるわけにもいかず、慌てふためいて修正しましたよ。

無事に修正版はカクヨム運営さんからのＯＫもいただきました。ただ、書籍版は修正前バージョンの文章を使ってるんですけどね。

とはいえ、二巻は一巻以上にカクヨム版から大幅に修正を入れています。カクヨムでの「シーズン2」をベースにしてはいるのですが、登場キャラなども異なっていて、カクヨム版のテキストは三、四割しか使っていないかなと。

二巻は〝瀬里奈編〟ですが、カクヨム版シーズン2は別に瀬里奈《せりな》メインではなかったんですよね。書籍版では未登場の別の女友達がメインでした。

せっかくの書籍化、せっかくの二巻なのでカクヨムで人気のあった瀬里奈をフィーチャーしたくなったのです。

みなさん、黒髪ロング清楚《せいそ》美少女は好きでしょう？　僕は大好きです。

真面目に見えて一番イカれ……不思議ちゃんですからね、瀬里奈。エロにも積極的で、人気が出るのも当然ですね。

メイド姿の瀬里奈もたっぷり出せましたし、皆様にも楽しんでいただけたら嬉《うれ》しいです。

もし三巻が出せるようなら、今回哀れにも出番が消されたヒロインも復活するかもしれません。というか、復活させてあげたいですね。性格や役割が変わったりする可能性もありますけど。たぶん、もっとエロ可愛《かわい》い方向に。

ですので、ヒロインたちのためにも応援していただければ嬉しいです。

コミックNewtypeさんで「ろくろ先生」によるコミカライズも連載中です！　葉月《はづき》たちの可愛さエロさが新たな形で描かれていますので、応援お願いします！

小森《こもり》くづゆ先生、一巻に続いて素晴らしいイラストをありがとうございます！　葉月も瀬里奈もえっちで可愛く、派手な穂波麦《ほなみむぎ》もギャルっぽさと可愛さがバランス良く描かれていて本当に良かったです！

いろいろとお手数をおかけしてしまった担当さま、編集部のみなさま、ありがとうございます。

この本の販売・流通に関わってくださったすべての皆様に感謝いたします。

書籍版・カクヨム版、両方の読者様に最大限の感謝を！

それでは、またお会いできたら嬉しいです。

二〇二三年夏　鏡遊

女友達《おんなともだち》は頼《たの》めば意外《いがい》とヤらせてくれる2

著　鏡遊《かがみゆう》

角川スニーカー文庫　23754

2023年8月1日　初版発行

発行者　山下直久

発　行　株式会社KADOKAWA
〒102-8177 東京都千代田区富士見2-13-3
電話　0570-002-301（ナビダイヤル）

印刷所　株式会社暁印刷

製本所　本間製本株式会社

◇◇◇

※本書の無断複製（コピー、スキャン、デジタル化等）並びに無断複製物の譲渡および配信は、著作権法上での例外を除き禁じられています。また、本書を代行業者等の第三者に依頼して複製する行為は、たとえ個人や家庭内での利用であっても一切認められておりません。

※定価はカバーに表示してあります。

●お問い合わせ
https://www.kadokawa.co.jp/（「お問い合わせ」へお進みください）
※内容によっては、お答えできない場合があります。
※サポートは日本国内のみとさせていただきます。
※Japanese text only

©Yuu Kagami, Komori Kuduyu 2023

Printed in Japan　ISBN 978-4-04-113968-4　C0193

★ご意見、ご感想をお送りください★
〒102-8177 東京都千代田区富士見 2-13-3
株式会社KADOKAWA　角川スニーカー文庫編集部気付
「鏡遊」先生「小森くづゆ」先生

読者アンケート実施中!!

ご回答いただいた方の中から抽選で毎月10名様に「図書カードNEXTネットギフト1000円分」をプレゼント!

■ 二次元コードもしくはURLよりアクセスし、パスワードを入力してご回答ください。

https://kdq.jp/sneaker　パスワード　4ahmx

●注意事項
※当選者の発表は賞品の発送をもって代えさせていただきます。※アンケートにご回答いただける期間は、対象商品の初版(第1刷)発行日より1年間です。※アンケートプレゼントは、都合により予告なく中止または内容が変更されることがあります。※一部対応していない機種があります。※本アンケートに関連して発生する通信費はお客様のご負担になります。

[スニーカー文庫公式サイト] ザ・スニーカーWEB　https://sneakerbunko.jp/

角川文庫発刊に際して

角川源義

第二次世界大戦の敗北は、軍事力の敗北であった以上に、私たちの若い文化力の敗退であった。私たちの文化が戦争に対して如何に無力であり、単なるあだ花に過ぎなかったかを、私たちは身を以て体験し痛感した。西洋近代文化の摂取にとって、明治以後八十年の歳月は決して短かすぎたとは言えない。にもかかわらず、近代文化の伝統を確立し、自由な批判と柔軟な良識に富む文化層として自らを形成することに私たちは失敗して来た。そしてこれは、各層への文化の普及滲透を任務とする出版人の責任でもあった。

一九四五年以来、私たちは再び振出しに戻り、第一歩から踏み出すことを余儀なくされた。これは大きな不幸ではあるが、反面、これまでの混沌・未熟・歪曲の中にあった我が国の文化に秩序と確たる基礎を齎らすためには絶好の機会でもある。角川書店は、このような祖国の文化的危機にあたり、微力をも顧みず再建の礎石たるべき抱負と決意とをもって出発したが、ここに創立以来の念願を果すべく角川文庫を発刊する。これまで刊行されたあらゆる全集叢書文庫類の長所と短所とを検討し、古今東西の不朽の典籍を、良心的編集のもとに、廉価に、そして書架にふさわしい美本として、多くのひとびとに提供しようとする。しかし私たちは徒らに百科全書的な知識のジレッタントを作ることを目的とせず、あくまで祖国の文化に秩序と再建への道を示し、この文庫を角川書店の栄ある事業として、今後永久に継続発展せしめ、学芸と教養との殿堂として大成せんことを期したい。多くの読書子の愛情ある忠言と支持とによって、この希望と抱負とを完遂せしめられんことを願う。

一九四九年五月三日